COLLECTION FOLIO

Kenzaburô Ôé

Gibier d'élevage

Traduit du japonais
par Marc Mécréant

Gallimard

Ce texte est extrait du recueil
Dites-nous comment survivre à notre folie (Folio n° 2792).

Né en 1935, dans l'île japonaise de Shikoku, Kenzaburô Ôé a suivi des études de littérature française. Imprégné de culture française, il est l'auteur d'une thèse sur Sartre. Ses premiers textes datent des années 50 et, rapidement, il s'affirme comme l'un des écrivains japonais les plus importants de l'après-guerre. Parmi ses sujets de prédilection, Hiroshima. Il reçoit en 1958 le prix Akutagawa, l'équivalent du prix Goncourt français, pour *Gibier d'élevage*, adapté au cinéma par Nagisa Oshima sous le titre *Une bête à nourrir*. Ce texte a été ensuite repris dans *Dites-nous comment survivre à notre folie* en 1982, étrange recueil de quatre nouvelles. En 1964, la naissance de son fils, anormal, bouleverse sa vie comme son univers romanesque. Il s'inspire de ce drame dans un livre déchirant, *Une affaire personnelle*, récit des trois jours qui suivent la naissance de cet enfant. Paraît ensuite *Le jeu du siècle* (1967) avec en toile de fond le Japon entre 1860 et 1960. Les livres suivants sont moins durs, plus fantaisistes ; *Une existence tranquille* est la chronique humoristique et tendre de trois enfants que leurs parents laissent au Japon le temps d'un séjour aux États-Unis. Dans les années 80, Kenzaburô Ôé s'intéresse à la littérature latino-américaine, séjourne au Mexique et enseigne à l'Université. Il reçoit le prix Nobel de littérature en 1994.

Écrivain original qui rejette le système de valeurs de la société existante et reflète les interrogations et les inquiétudes de la génération de l'après-guerre, il incarne la crise de conscience d'un pays emporté dans une fuite en avant.

Découvrez, lisez ou relisez les livres de Kenzaburô Ôé :

DITES-NOUS COMMENT SURVIVRE À NOTRE FOLIE (Folio n° 2792)

LE JEU DU SIÈCLE (Folio n° 3427)

UNE EXISTENCE TRANQUILLE (Folio n° 2294)

Nous étions, mon frère cadet et moi, en train de fouiller avec des bouts de bois dans la terre molle, qui empestait la graisse et la cendre, du crématorium de la vallée — un crématorium de fortune et des plus sommaires : simple fosse presque à fleur de terre dans une clairière dégagée au milieu d'une épaisse végétation d'arbrisseaux. Déjà la brume du crépuscule, aussi froide que les eaux souterraines qui sourdent dans les bois, emplissait le fond de la vallée ; mais sur la maison que nous habitions, sur le petit village groupé autour de la route empierrée, à flanc de coteau, descendait doucement une lumière couleur de raisin pourpre. Je me redressai, tandis qu'un bâillement sans énergie distendait ma cavité buccale. Mon frère aussi se redressa, bâilla et me sourit.

Abandonnant le « ramassage », nous jetâmes nos bouts de bois dans l'épaisseur luxuriante des herbes de l'été et, épaule contre épaule, nous prîmes le sentier qui remontait au village. Nous étions venus là à la recherche de débris d'ossements présentant une forme assez adéquate pour être portés, comme des médailles, sur la poitrine ; mais les gamins du village avaient déjà tout ramassé et nous étions on ne peut plus bredouilles. Je serais donc obligé d'en extorquer par la force à quelque camarade de l'école primaire... J'évoquai soudain ce que, deux jours plus tôt, j'avais aperçu en coulant un regard entre les hanches des grandes personnes formant un groupe noir autour du lieu de crémation où l'on brûlait le cadavre d'une femme du village : au milieu de la clarté des flammes, ce ventre nu, ballonné, soulevé comme un petit tertre et, sur le visage, cette expression de tristesse !... Je frissonnai de peur, serrai fortement le bras fluet de mon frère et hâtai le pas. Il me semblait avoir encore dans les narines l'odeur du cadavre, aussi tenace que celle du liquide visqueux jailli de certains scarabées quand nous les écrasions entre nos doigts calleux.

Le village avait été amené à user de ce crématorium en plein air parce que la saison des pluies, exceptionnellement longue, avait, dès avant l'été, donné lieu sans discontinuer à des trombes d'eau provoquant chaque jour des inondations. Quand un glissement de terrain eut réduit en miettes le pont suspendu par où passait le chemin le plus court pour aller du village à « la ville », on avait fermé notre annexe villageoise de l'école primaire ; la distribution du courrier était tombée en sommeil ; et lorsqu'un adulte ne pouvait faire autrement, il devait tant bien que mal se rendre à « la ville », à flanc de montagne, par un sentier étroit et d'assise incertaine. Il était donc, entre autres, exclu de pouvoir transporter les morts jusqu'au four crématoire de « la ville ».

Le fait néanmoins d'être à peu près complètement coupé de cette dernière ne chagrinait pas outre mesure notre village de vieux défricheurs encore quelque peu primitifs. Les villageois que nous étions se heurtaient, de la part des citadins, à l'aversion qu'ils auraient eue pour des animaux malpropres ; au point que tout ce dont nous avions besoin était régulièrement concentré en des points de regroupement limités et précis disposés sur les pentes dominant notre étroite vallée. Ajoutons que c'était le début de l'été et que la fermeture de l'école faisait tout à fait l'affaire des enfants.

Bec-de-Lièvre était debout à l'entrée du village, à l'endroit où commence la chaussée empierrée, serrant un chien contre sa poitrine.

J'entraînai mon frère par l'épaule et nous traversâmes l'ombre épaisse d'un vieil abricotier pour aller examiner l'animal que Bec-de-Lièvre tenait dans ses bras.

Bec-de-Lièvre secoua le chien et le fit grogner.

« Tiens ! Regarde ça ! »

Il me colla ses bras sous le nez : ils étaient couverts de morsures où se mêlaient le sang et les poils de chien. Sur sa poitrine aussi, sur son cou gras et court, d'autres morsures se gonflaient comme des bourgeons.

« Regarde ! répéta Bec-de-Lièvre avec importance.

—Tu m'avais pourtant promis qu'on irait ensemble chasser le chien sauvage ! Tu n'es pas de parole ! » dis-je. La surprise et le chagrin m'étouffaient. « Tu y es allé tout seul !

— J'ai essayé de te joindre, dit précipitamment Bec-de-Lièvre. Mais je n'ai pas pu te trouver...

— Il t'a salement mordu », commentai-je en effleurant du bout des doigts la bête qui, comme un loup, retroussa ses babines en lançant des regards fous de rage. « Est-ce que tu as rampé jusque dans sa tanière ?

— Je m'étais mis une ceinture de cuir autour du cou pour qu'il ne m'égorge pas, tiens ! »

Bec-de-Lièvre ruisselait de fierté. Moi, dans le crépuscule qui bleuissait le versant des monts et la route empierrée, ce que je voyais comme si j'avais été là, c'était la silhouette de Bec-de-Lièvre — un Bec-de-Lièvre avec une ceinture de cuir autour du cou pour protéger sa gorge — en train d'émerger d'une tanière d'herbes et de branchages desséchés, avec dans les bras un chiot sauvage qui n'arrêtait pas de le mordre.

« Tant qu'ils ne vous attrapent pas à la gorge ! ajouta Bec-de-Lièvre d'une voix à laquelle la sûreté de soi donnait de l'ampleur. En plus, j'ai attendu qu'il ne reste plus dans leur gîte que les petits !

— Je les ai vus galoper dans le ravin, dit mon frère tout excité. Toute une famille de cinq !

— Ah ! fit Bec-de-Lièvre. Quand ça ?

— Juste après midi.

— C'est après que je suis sorti.

— Cet animal-là est vraiment d'un beau blanc, dis-je en refoulant mon envie.

— Sa mère s'est fait monter par un loup. »

Bec-de-Lièvre utilisa une expression locale ordurière, mais des plus expressives.

« Formidable ! fit mon frère, rêveur.

— À présent il est complètement habitué à moi, dit Bec-de-Lièvre en se rengorgeant encore plus. Il ne retournera plus auprès de ses copains sauvages. »

Mon frère et moi gardions un silence un peu sceptique.

« Vous allez voir ! »

Bec-de-Lièvre posa le chien par terre, sur la chaussée, et le laissa aller.

« Vous voyez ! »

Mais, au lieu de regarder le chien à nos pieds, nous levâmes les yeux vers le ciel dominant notre étroite vallée. À une vitesse fabuleuse, inimaginable, un énorme avion traversait notre bande de ciel. Nous fûmes un court instant emplis de son vrombissement enragé qui propulsait l'air en vagues de bruit successives. Comme des insectes tombés dans de l'huile, nous étions, pris dans ce vacarme, incapables de faire un mouvement.

« Un avion ennemi ! s'écria Bec-de-Lièvre. L'ennemi est arrivé ! »

Le nez levé vers le ciel, à notre tour nous criâmes en forçant notre voix jusqu'à l'enrouement : « Un avion ennemi !... »

Mais déjà, hormis quelques nuages bruns que dorait le soleil couchant, le ciel était redevenu désert. Nous ramenâmes nos regards vers le chien de Bec-de-Lièvre : il était en train de se sauver, avec des petits cris, trottinant le long de la chaussée. Il fut bien vite hors de vue, ayant bondi dans un buisson d'arbrisseaux. Bec-de-Lièvre en demeura stupide, dans l'attitude qu'il avait prise pour se lancer à la poursuite de la bête. Mon frère et moi fûmes pris d'un fou rire à nous mettre le sang en effervescence comme l'eût fait un alcool. Bec-de-Lièvre lui-même, quoique bien marri, ne put s'empêcher de rire.

Nous le quittâmes pour regagner en courant la resserre tapie comme une énorme bête dans le soir tombant. Dans la pénombre de la pièce au sol de terre battue, mon père préparait le dîner, nous tournant le dos.

« On a vu un avion ! lui cria mon frère. Un gros avion ennemi ! »

Mon père se contenta de grogner vaguement sans se retourner. Pour moi, je décrochai du râtelier fixé à la cloison de bois son lourd fusil de chasse avec l'intention de le nettoyer et, bras dessus bras dessous, mon frère et moi montâmes les degrés de l'escalier obscur.

« C'est dommage pour le chien, dis-je.

— Pour l'avion aussi ! »

Nous habitions, au cœur du village, au premier étage de la resserre communautaire, un local exigu, maintenant désaffecté, qui avait servi à l'élevage des vers à soie. Quand mon père, sur l'épais plancher dont les ais commençaient à se délabrer, avait déployé les nattes de paille et les couvertures sur lesquelles il s'étendait de tout son long, et que mon frère et moi nous étions couchés sur le châlit fait d'une porte posée à même la paillasse utilisée naguère pour l'élevage des vers à soie, alors était pleine à craquer des créatures humaines la ci-devant demeure désertée par ses légions de larves, mais au plafond de laquelle des feuilles de mûrier pourries adhéraient encore aux solives nues et où le papier des murs était encore maculé de taches à la puanteur toujours vivace.

Nous ne possédions aucun meuble. Pour conférer quelque finalité à notre misérable gîte, il y avait le fusil de chasse de mon père dont luisaient faiblement le canon bien sûr, mais aussi la crosse muée par son reflet huileux en un acier de nature, semblait-il, à vous engourdir le bras du fait du recul une fois le coup parti. Il y avait encore, suspendues en liasses aux solives nues, des peaux de belettes séchées, et toutes sortes de pièges. Mon père en effet gagnait sa vie en tirant le lapin de garenne, le gibier à plume et, les hivers où la neige était épaisse, le sanglier ; il tendait aussi des pièges et portait à la mairie de « la ville » les peaux séchées des belettes qu'il avait prises.

Tout en astiquant le canon avec un chiffon à graisse, mon frère et moi regardions le ciel sombre par les interstices des planches mal jointes de la porte. Comme si nous y entendions une nouvelle fois le bruit de tonnerre d'un avion ; mais il était tout à fait exceptionnel qu'un avion traversât le ciel de notre village. Le fusil remis à sa place dans le râtelier, nous nous laissâmes tomber sur notre châlit, pelotonnés l'un contre l'autre, attendant, l'estomac creux et criant despotiquement famine, que notre père montât avec la marmite et ce qui y mijotait.

Nous étions, mon frère et moi, deux menues graines prisonnières d'une enveloppe dure et d'une pulpe épaisse, deux graines vertes enchâssées dans une fine pellicule qui, à peine chatouillée par la lumière du dehors, frissonnerait et finirait par se détacher. Or à l'extérieur de l'écorce dure, du côté de la mer dont on voyait de la terrasse miroiter au loin le mince ruban, dans la cité par-delà la houle des montagnes superposées, la guerre, à présent disgracieuse dans sa majesté de légende trop longtemps entretenue, vomissait un air croupi. Mais la guerre, pour nous, c'était seulement au village l'absence de jeunes hommes et, de temps à autre, la remise par le facteur d'un avis officiel annonçant une mort sur le champ de bataille. L'enveloppe dure, l'épaisse pulpe ne se laissaient pas pénétrer par la guerre. Même les avions « ennemis » qui, depuis peu, avaient fait leur apparition dans le ciel de notre village n'étaient pas autre chose que des oiseaux d'une espèce rare.

À l'approche de l'aube, je fus réveillé par un bruit formidable : quelque chose avait percuté le sol, y propageant de furieux grondements. Je vis, assis sur ses couvertures déployées à même le parquet, mon père ramassé sur lui-même, l'œil aiguisé de convoitise, comme un fauve à l'affût dans une forêt, la nuit, et prêt à bondir sur une proie. Pourtant, au lieu de cela, il se laissa retomber sur le dos et parut se rendormir.

Longtemps j'attendis, l'oreille tendue ; mais il n'y eut pas de nouveau grondement. J'attendais avec patience, respirant calmement l'air humide qui sentait la bestiole et le moisi, dans la clarté pâle de la lune qui se coulait dans la resserre par une lucarne haute. Beaucoup de temps s'écoula. Mon frère, qui dormait en pressant contre mon flanc son front trempé de sueur, se mit à geindre doucement. Lui aussi avait attendu que la terre se remît à gronder ; mais l'attente avait sans doute trop duré et il n'avait pu tenir le coup. Je posai ma main sur son cou gracile et fin comme la tige d'une plante ; et le réconfortant par de très légères poussées, bercé moi-même par le mouvement de mon propre bras, je me rendormis.

Quand je m'éveillai, la lumière du matin pénétrait à profusion dans la resserre par toutes les fentes des cloisons de planches et la chaleur était déjà très grande. Mon père n'était plus là. Son fusil n'était plus accroché à sa place habituelle. Je secouai mon frère pour le faire lever et, demi-nu, sortis sur le seuil de la resserre. Une clarté brutale inondait la chaussée et l'escalier de pierre. On ne voyait aucune grande personne — seulement des enfants, distraitement arrêtés et clignant des yeux dans la vive lumière, ou bien en train d'épucer leurs chiens. Mon frère et moi courûmes jusqu'à l'atelier du forgeron, dans l'ombre dense du camphrier : au fond du réduit obscur, aucune flamme ne s'élevait des braises ; le soufflet était silencieux ; pas davantage n'était là, enterré jusqu'à mi-corps, le forgeron d'ordinaire occupé à soulever, de ses bras extraordinairement boucanés et décharnés, un fer incandescent. C'était bien la première fois que nous trouvions la forge vide au milieu de la matinée. Bras dessus bras dessous nous revînmes en silence le long de la grand-rue. Dans tout le village, pas un seul adulte. Les femmes, invisibles, devaient être tout au fond des maisons. Il n'y avait que les enfants, noyés dans le soleil se déversant à flots. Une inquiétude me serra le cœur.

Bec-de-Lièvre était vautré sur les marches qui descendaient à la fontaine. Il nous aperçut et, tout en faisant de grands gestes, vint à nous en courant. Il s'évertuait à se donner des airs avantageux et de sa lèvre fendue sortait une légère mousse blanche de salive visqueuse.

« Hé ! T'es au courant ? me cria-t-il en me donnant une claque sur l'épaule. T'es au courant ?

— De quoi donc ? fis-je vaguement.

— L'avion qu'on a vu hier, il s'est écrasé cette nuit dans la montagne ! Tous les hommes sont en train de battre le pays, avec leurs fusils, pour retrouver l'équipage qui était dedans !

— Ces soldats ennemis, ils vont les tuer ? demanda mon frère avec importance.

— Sans doute que non, ils n'ont pas assez de cartouches, expliqua Bec-de-Lièvre avec obligeance, ils cherchent plutôt à les prendre.

— Qu'est-ce qui a bien pu lui arriver, à cet avion ? demandai-je.

— Il s'est planté dans le bois de sapins et démantibulé. Le facteur l'a aperçu. Tu dois voir de quel bois il s'agit ? »

Je voyais. En ce moment, dans le bois en question, les fleurs de sapin devaient être en train de s'ouvrir, comme les houppes de graminées. À la fin de l'été, les cônes en forme d'œufs d'oiseaux sauvages remplaceraient les petites houppes et nous irions en ramasser pour nous en faire des armes de jet. Alors, vers le soir ou le lever du jour, dans un crépitement aussi furieux que soudain, les bruns projectiles viendraient mitrailler les murs de la resserre…

« Tu vois bien ce que je veux dire, hein ? »

Bec-de-Lièvre plissait les lèvres, découvrant des gencives d'un bel éclat rose.

« Parbleu ! On y va ? »

À mon tour je faisais l'important. Bec-de-Lièvre sourit d'un air finaud qui dessinait autour de ses yeux un nombre incalculable de rides et me considéra en silence. J'en fus irrité.

« Si on y va, je vais mettre une chemise et je reviens, dis-je en regardant Bec-de-Lièvre dans les yeux. Tu peux partir devant, je te rattrape tout de suite. »

Le visage de Bec-de-Lièvre ne fut plus qu'un lacis de rides. D'une voix qui débordait d'une irrépressible satisfaction, il dit :

« Pas de chance ! Il est interdit aux enfants d'aller dans la montagne. On pourrait nous prendre pour les aviateurs ennemis et nous tuer ! »

Je baissai la tête, les yeux fixés sur mes pieds nus, sur mes orteils courts et trapus, à plat sur les pavés que rôtissait le soleil matinal. Le désappointement envahissait tout mon corps, s'infiltrant partout comme la sève des arbres; ma peau en était toute brûlante comme les viscères d'une volaille qu'on vient d'égorger.

« Les ennemis, quelle tête peuvent-ils bien avoir ? » demanda mon frère.

Je quittai Bec-de-Lièvre et, le bras autour de l'épaule de mon frère, rebroussai chemin le long de la grand-rue. Oui, quelle tête pouvaient-ils bien avoir, ces soldats étrangers ? Comment, dans quelle posture se dissimu-laient-ils dans nos prés ou nos bois ? J'avais l'impression de sentir la présence de soldats étrangers cachés partout et retenant leur souffle dans tous les prés, dans tous les bois dont le village, au fond de son val, était entouré; l'impression que le faible bruit de leur respiration allait s'amplifier et éclater soudain en un formidable vacarme. L'odeur de leur peau ruisselante de sueur et celle, vio-lemment agressive, de leur corps flottait sur toute la vallée comme un temps de saison.

« J'aimerais bien qu'ils ne soient pas tués, dit mon frère, rêveur, qu'ils se contentent de les attraper et de les ramener ici ! »

Dans la lumière du soleil se déversant à flots, nous avions la gorge sèche, la salive pâteuse, le ventre vide au point d'en avoir l'épigastre contracté. Notre père ne serait sûre-

ment pas de retour avant le soir : force nous
était donc de nous mettre en quête de nourriture. Nous descendîmes derrière la resserre,
jusqu'au puits et son seau cassé, et y bûmes de
l'eau, appuyés des deux mains sur les pierres
froides et suintantes qui saillaient comme des
ventres de chrysalides de la paroi intérieure du
puits. Après avoir puisé de quoi remplir la casserole de fer plate et mis celle-ci sur le feu,
nous fourrageâmes dans le tas de balle de riz
qui se trouvait dans le fond de la resserre et
dérobâmes quelques pommes de terre. Tandis
que nous les lavions, elles étaient, dans nos
mains, aussi dures que des cailloux.

Le repas qui suivit ce petit temps d'efforts
était frugal, mais copieux. Tout en mangeant
avec satisfaction, comme un animal heureux,
ses pommes de terre à pleines mains, mon
frère demeurait songeur.

« Crois-tu que les soldats soient grimpés en
haut des arbres ? J'ai aperçu un écureuil au
bout d'une branche !

— Ce ne serait pas difficile de se cacher
dans les arbres : ils sont en pleine fleur, répondis-je.

— Pour mon écureuil, ç'a été en un clin
d'œil ! » dit mon frère en souriant.

J'imaginai les soldats étrangers dissimulés
sur les plus hautes branches des sapins cou-

verts d'une profusion de fleurs pareilles à des houppes de graminées, et épiant mon père et les autres à travers les bouquets de fines aiguilles vertes. Dans la boursouflure des combinaisons d'aviateurs constellées de fleurs poisseuses, chacun devait ressembler à un écureuil gras à souhait avant l'hibernation.

«Cachés ou non dans les arbres, ils seront bien découverts par les chiens, qui aboieront», assura mon frère.

Quand notre estomac eut cessé de crier famine, laissant dans la pièce obscure au sol de terre battue, casserole et pommes de terre ainsi qu'une poignée de sel, nous allâmes nous asseoir sur les marches de pierre, à l'entrée de la resserre. Nous y restâmes longtemps, à demi somnolents ; puis dans l'après-midi nous partîmes nous baigner dans la source qui alimentait la fontaine du village.

Là, Bec-de-Lièvre, vautré tout nu sur la dalle la plus large et la plus moelleuse, laissait câliner, comme une petite poupée, par des fillettes, son sexe rose. Congestionné, avec un rire aussi strident qu'un cri d'oiseau, de temps à autre il appliquait une grande claque sur le derrière nu, lui aussi, d'une fille.

Mon frère s'accroupit en tailleur à côté de Bec-de-Lièvre, prodigieusement intéressé par la gaillarde cérémonie, dont il ne perdait rien.

J'éclaboussai d'eau l'horrible marmaille qui, entre deux bains, lézardait au soleil au bord de la fontaine et, enfilant ma chemise sans même m'essuyer, je revins aux marches de la ressserre, laissant la trace de mes pieds mouillés sur les pierres de la rue. Là, les genoux pris entre mes bras, je restai longtemps assis sans bouger. La tension folle de l'attente, une sensation de brûlante ivresse me parcouraient en tous sens, affleurant en mille endroits sous ma peau, comme crèvent des bulles.

Je m'imaginais en train de me livrer à ce jeu étrange pour lequel Bec-de-Lièvre manifestait un goût si anormal. Pourtant, chaque fois qu'avec les autres enfants les filles sortaient du bain nues, marchaient et balançant les hanches et m'adressaient un timide sourire, tandis qu'une touche d'un rose indécis, couleur de pêche écrasée, se risquait entre les plis de leur minable petit sexe, je faisais pleuvoir sur elles sarcasmes et cailloux, les contraignant à rentrer sous terre.

J'attendis dans la même posture jusqu'à ce que tout le pan du ciel de notre vallée fût rempli des flammes ardentes du soleil couchant et de vols de nuages couleur de feux d'herbes. Les hommes n'étaient toujours pas de retour. D'impatience, je me sentais devenir fou.

Puis les feux du couchant pâlirent : un vent

frais, accueilli avec plaisir par l'épiderme encore brûlé du soleil de la journée, commença à souffler des profondeurs du val. Les premières teintes de la nuit venaient à peine de rejoindre l'ombre des choses quand, au milieu de l'aboiement des chiens, les hommes revinrent au village — un village qui se forçait au silence et dont une pénible attente avait mis l'esprit à rude épreuve. Avec les autres enfants je me précipitai à leur rencontre. Ce fut un coup pour moi que d'apercevoir, encadré par nos aînés, un géant noir. J'en demeurai pétrifié d'épouvante.

L'escorte avançait, serrant gravement les lèvres comme au retour, l'hiver, d'une chasse au sanglier et il y avait presque de la mélancolie dans les dos penchés en avant. La « prise », elle, ne portait ni combinaison de vol en soie ocre ni bottillons noirs d'aviateur en cuir souple, mais un paletot et un pantalon kaki et, aux pieds, des bottes fort vilaines et qui devaient être lourdes. L'homme avançait en levant légèrement sa large face noire et luisante vers le ciel où s'attardait encore un reste de lumière, et traînait la jambe en boitillant. On lui avait passé autour des chevilles une chaîne de piège à sanglier qui faisait un bruit de ferraille. Tout de suite derrière les hommes escortant la « prise » venait l'essaim, silencieux comme il se devait, des gamins que nous étions. Le cortège gagna avec lenteur la place devant l'école et s'arrêta sans agitation ni bruit. Me frayant un passage au milieu des enfants, je parvins jusqu'au premier rang ; mais le vieil homme qui était à la tête du village nous enjoignit, en haussant le ton, de déguerpir. Nous battîmes en retraite jusqu'aux abricotiers, dans un angle de la place, fixant résolument là la limite de notre repli, et de loin, à travers l'obscurité qui allait s'épaississant, nous ne quittâmes plus des yeux l'assemblée des anciens. De l'entrée des maisons qui donnaient sur la place, les bras croisés dans leurs sarraus blancs, les femmes s'efforçaient avec mauvaise humeur de capter quelque chose des chuchotements des hommes revenus avec une « prise » de leur chasse dangereuse. Bec-de-Lièvre, par-derrière, me donna un violent coup de coude dans le côté et m'entraîna hors du groupe de nos camarades dans l'ombre dense d'un camphrier.

« T'as vu comme il est noir ? J'ai toujours pensé qu'il serait comme ça, dit-il, la voix tremblante d'émotion. C'est un nègre, tu sais !

— Qu'est-ce qu'ils vont en faire ? Peut-être le fusiller là, sur la place ?

— Le fusiller ? s'écria Bec-de-Lièvre, le souffle coupé. Fusiller un vrai nègre en chair et en os ?

27

— Puisque c'est un ennemi ! alléguai-je sans trop de conviction.

— Un ennemi ? Tu dis : un ennemi ? Ça ? »

Bec-de-Lièvre m'empoigna par le devant de ma chemise et se mit à m'invectiver, m'éclaboussant de salive par sa lèvre fendue : « C'est un Noir, un Noir ! Pas un ennemi !

— Ho ! Regardez ! »

C'était la voix de mon frère, vibrante d'exaltation ; elle venait de la grappe d'enfants.

« Regardez ça ! »

Bec-de-Lièvre et moi nous nous retournâmes. Un peu à l'écart des villageois qui le considéraient avec perplexité, le soldat noir, les épaules affaissées, pissait. Nous le dévorâmes des yeux tandis que sa silhouette se fondait dans le soir aux ombres de plus en plus épaisses, ne laissant subsister que le paletot et le pantalon kaki un peu pareils à un survêtement de travail. Il pissa interminablement, en inclinant un peu la tête, et secoua mélancoliquement ses reins comme s'élevaient dans son dos, ainsi qu'un nuage, les soupirs des enfants en train de l'observer.

De nouveau les hommes l'encadrèrent et l'entraînèrent lentement. Nous, délaissant notre coin, nous les suivîmes en grand silence. L'escorte et la « prise » s'immobilisèrent sur le côté de la resserre, devant la trappe par où entraient et sortaient les charges. Elle ouvrait sur l'escalier obscur de la cave où restaient emmagasinées pendant tout l'hiver les plus belles châtaignes de l'automne, une fois triées et traitées au bisulfure de carbone pour tuer les larves gîtées sous l'écorce; l'ouverture béante faisait penser à un terrier. Avec une lenteur solennelle, le soldat noir y disparut, flanqué de ses gardiens : on aurait pu croire au début d'une cérémonie initiatique. Puis, un bras d'homme, blanc, un moment agité referma, de l'intérieur, le lourd couvercle. L'oreille tendue, nous surveillions de loin les déplacements d'une lueur orange derrière l'étroit soupirail qui s'étirait entre le parquet de la resserre et le niveau du sol. Aucun de nous ne se sentait assez hardi pour aller glisser un regard par l'ouverture. L'insupportable attente de quelque chose d'imminent nous épuisait. Pourtant aucune détonation ne retentit. Au lieu de cela se montra par l'ouverture du couvercle entrebâillé de la trappe la face tannée du chef du village. Ses furieuses invectives nous obligèrent à renoncer à observer, même de loin, le soupirail; et chacun de nous s'en fut en courant le long de la rue, sans une parole de désappointement, mais le cœur lourd d'une expectative qui allait peupler de cauchemars les heures de la nuit. Le vacarme de nos pas sur les pierres faisait naître une peur qui nous talonnait.

Mon frère et moi laissâmes sur place Bec-de-Lièvre bien décidé, lui, à examiner de près ce qui se passait entre les grandes personnes et le prisonnier. Contournant la resserre, nous gagnâmes la porte de derrière et, pesant de tout notre poids sur la rampe toujours humide, nous montâmes au grenier qui nous servait de demeure. Ainsi nous allions vivre dans la même maison que la « prise » ! Bien sûr, nous aurions beau tendre l'oreille, nous ne parviendrions pas à percevoir des cris poussés dans la cave ; mais n'en demeurait pas moins la chose extraordinaire, risquée, pour nous véritablement incroyable : nous étions accroupis sur notre châlit juste au-dessus de la cave où le soldat noir avait été amené ! J'en claquais des dents d'exaltation, d'effroi et de joie, tandis que mon frère, recroquevillé sous la couverture, était parcouru de frissons comme s'il avait pris froid. Mais, en attendant le retour de notre père traînant son lourd fusil et sa fatigue, nous nous souriions à la pensée de la merveilleuse aubaine qui venait de nous échoir.

Nous commencions à peine à manger les pommes de terre laissées naguère en plan — froides maintenant, dures et suintantes —, moins pour calmer notre faim que, par une mastication appliquée et le geste d'élever, puis de laisser retomber nos avant-bras, pour faire diversion au tumulte qui mettait nos âmes en ébullition, lorsque notre père, portant à son comble notre impatience, monta l'escalier. Frissonnant de tout notre corps, nous ne le quittions pas des yeux tandis qu'il raccrochait son fusil au râtelier et s'asseyait sur la couverture posée à même le sol ; mais il resta là sans rien dire, se bornant à loucher du côté de la casserole de pommes de terre où nous étions en train de puiser. Je me dis qu'il était mort de fatigue et de très méchante humeur. Mais cette affaire-là, après tout, nous les enfants, nous n'y pouvions rien !

« Il n'y a plus de riz ? » demanda-t-il en me fixant. La peau de son cou envahi par une barbe raide et sauvage se distendait comme un sac qu'on gonfle.

« Non, dis-je à mi-voix.

— De gruau non plus ? grogna-t-il mécontent.

— Il n'y a plus rien ! lui dis-je avec irritation.

— Et l'avion ? demanda timidement mon frère. Qu'est-ce qui lui est arrivé ?

— Il a flambé. Ça a failli faire un feu de forêt.

— Tout entier ? Il n'en reste plus rien ? »

Mon frère soupira.

— Il ne reste que la queue.

— La queue…, répéta mon frère, rêveur.

— En dehors de ce soldat-là, qu'est-ce qu'il y avait ? demandai-je à mon tour. Il ne devait pas être tout seul à bord ?

— Il y en avait deux autres. Ils sont morts. Lui a sauté en parachute.

— En parachute… », commenta mon frère d'une voix de plus en plus rêveuse.

Je pris mon courage à deux mains.

« Qu'est-ce que vous allez en faire, de ce type ?

— Le garder à l'engrais jusqu'à ce qu'on sache ce qu'on en pense au chef-lieu.

— Le garder à l'engrais ! Comme un animal ? fis-je quelque peu stupéfait.

— C'est une bête, rien qu'une bête, dit mon père avec gravité. Il pue comme un bœuf.

— J'aimerais bien le voir », suggéra mon frère en observant mon père. Mais, fâché, mon père ne desserra plus les dents et redescendit l'escalier.

Nous attendîmes, assis en tailleur sur le bois de notre châlit, que notre père fût de retour avec du riz et des légumes d'emprunt et préparât pour nous trois une ratatouille bien chaude et copieuse. Nous étions si harassés que nous n'avions pas vraiment faim. Toute la peau de notre corps n'était qu'excitation, mouvements nerveux et convulsifs, comme les organes d'une chienne en chaleur. « Le soldat noir à l'engrais ! » Je m'étreignais moi-même de joie, j'avais envie de me mettre nu et de crier à tue-tête…

À l'engrais, comme une bête !…

Le lendemain matin, mon père, sans un mot, me secoua pour me réveiller. Le jour pointait à peine. Par les joints des cloisons de bois s'infiltraient une lumière lourde et un brouillard trouble, couleur de cendre. Le temps d'engloutir mon petit déjeuner froid, j'étais complètement réveillé. Mon père avait son fusil sur l'épaule, la gamelle à casse-croûte attachée à sa ceinture ; d'un œil que le manque de sommeil salissait de reflets jaunâtres, il me regardait achever mon petit déjeuner. En voyant sur ses genoux, emmailloté dans de la toile d'emballage, un rouleau de peaux de belettes, je retins mon souffle, songeant : « On descend "en ville". » Et on allait sûrement informer la mairie de l'affaire du nègre.

Des flots de questions tourbillonnaient dans mon arrière-gorge, ralentissant le rythme de ma déglutition. La forte mâchoire de mon père, couverte d'une barbe hirsute, était sans cesse en mouvement, comme s'il mâchait des grains de céréales. Il était clair que d'avoir peu dormi le rendait nerveux et irritable ; il n'était guère possible de le questionner au sujet du soldat noir. La veille au soir, après avoir dîné, il avait rechargé son fusil et était ressorti pour monter la garde.

Mon frère dormait, la tête sous la couverture qui sentait l'herbe moisie. Mon déjeuner terminé, sans bruit pour ne pas le réveiller, je m'éloignai sur la pointe des pieds en longeant le mur. Je couvris mes épaules nues d'une chemise verte en tissu épais, enfilai des chaussons de gymnastique que je ne mettais à peu près jamais, chargeai sur mon dos le ballot que mon père avait posé sur ses genoux et descendis en courant l'escalier.

Le brouillard coulait au ras des pierres mouillées de la chaussée ; le village, enveloppé de brume, était encore profondément endormi. Les basses-cours, déjà fatiguées, restaient muettes ; même les chiens n'aboyaient pas. Adossé à un abricotier, sur le côté de la resserre, j'aperçus un homme armé d'un fusil ; il penchait mollement la tête. C'était l'homme de garde. Mon père échangea avec lui quelques paroles à voix basse. Je risquai un coup d'œil rapide vers le soupirail qui béait là comme une noire blessure et je fus glacé de peur : si les bras du soldat allaient jaillir hors du trou et me saisir ? J'avais hâte de sortir du village au plus vite.

Quand nous nous mîmes en route, toujours silencieux, en prenant garde de glisser sur les pierres mouillées, le soleil réussit à percer la nappe d'épais brouillard et nous mitrailla de rayons brûlants et têtus.

Pour atteindre le chemin de crête, nous prîmes, au sortir du bois de cryptomères où nous nous étions retrouvés en pleine nuit obscure, le sentier qui escaladait la pente de terre molle et rouge — une glaise qui collait aux semelles. Le brouillard glissait sournoisement sur nous, en grosses gouttes de pluie qui propageaient jusqu'au fond de ma bouche un goût de métal ; il me rendait la respiration difficile, trempait mes cheveux et déposait des perles à l'éclat argenté sur le col cotonneux de ma chemise froissée et grise de crasse. Plutôt qu'aux eaux de source qui, coulant juste au-dessous de la jonchée de feuilles pourries, si moelleuse à la marche, traversaient nos chaussures et nous glaçaient les orteils, nous devions prendre garde de nous blesser aux hargneuses touffes de fougères dont les tiges vous transpercent la peau comme des pointes de fer, ou de provoquer la colère et l'attaque d'une vipère silencieuse à l'affût parmi leurs racines obstinément répandues partout.

Quand nous émergeâmes de l'ombre des cryptomères sur la route qui longeait des bosquets d'arbrisseaux, le brouillard achevait de se dissiper et il faisait grand jour. Je fis tomber de ma chemise et de ma culotte les gouttes d'eau qui y perlaient, avec autant de soin que s'il se fût agi de graines de desmodie. Le ciel sans nuages était d'un bleu agressif. Les montagnes au loin succédaient aux montagnes ; elles avaient la couleur du minerai de cuivre que nous allions ramasser, non sans danger, dans une mine abandonnée de la vallée ; leur houle bleu de nuit, étincelante sous le soleil, se bousculait à notre rencontre. Et l'on voyait aussi, d'un blanc incandescent, large comme la main de la vraie mer.

Autour de nous, ce n'étaient que chants d'oiseaux. Les hautes branches des grands pins ronronnaient dans le vent. Mon père, en écrasant de sa botte un monticule de feuilles sèches, en fit jaillir dans une belle détente, comme un jet d'eau grisâtre, un mulot affolé et plus mort que vif qui me causa un moment de frayeur avant de disparaître au galop dans les fourrés déjà rougis par l'automne.

« En ville, est-ce qu'on va parler de ce Noir ? demandai-je à mon père dont je ne voyais que le dos massif.

— Hein ? grogna-t-il. Ah ? oui.

— Tu ne crois pas que la police va monter là-haut ?

— Je n'en sais rien du tout, maugréa-t-il. Tant que la préfecture ne sera pas informée, on ne peut rien dire.

— On ne pourrait pas continuer à le garder comme ça au village ? dis-je. Est-ce que tu le crois dangereux ? »

Ma question se heurta à un mutisme délibéré. Je revécus intérieurement ma surprise et mon effroi de la veille au soir, quand on avait ramené le nègre au village. Que pouvait-il faire, à cette heure, dans sa cave ? S'il s'échappait de son trou, massacrait tous les habitants et les chiens du village, et mettait le feu aux maisons ? Un frisson de terreur parcourut tout mon corps, et je m'efforçai de ne plus penser à cela. Dépassant mon père, je dévalai à perdre haleine la longue descente.

Lorsque nous nous trouvâmes en terrain plat, le soleil était haut dans le ciel. Par endroits, des deux côtés de la route, de petits éboulements avaient mis l'argile à vif, aussi rouge que du sang frais, et étincelante sous le soleil. Nous marchions, nos fronts nus exposés aux rayons torrides. La sueur ruisselait sur la peau de mon crâne et, se frayant un passage à travers mes cheveux coupés court, roulait de mon front sur mes joues.

Une fois « en ville », serré contre la hanche de mon père, je marchai le long des rues sans

un regard pour les gamins qui me provoquaient. Sans la présence de mon père, ils
m'auraient sûrement hué et lancé des pierres.
Je les haïssais, ces gamins de « la ville »,
autant que certaines bestioles auxquelles je
n'avais jamais pu m'habituer; je méprisais
ces galopins aux regards sournois, maigres
comme des clous dans la lumière de midi
répandue à flots sur « la ville ». Et sans les
grandes personnes qui, du fond des boutiques,
nous suivaient certainement des yeux, je me
serais fait fort, à coups de poing, d'en étendre
un par terre.

La mairie était fermée pour la pause de
midi. Nous commençâmes par actionner la
pompe de la place de la mairie pour nous
désaltérer; puis nous attendîmes, fort longtemps, assis sur des chaises de bois disposées
sous les fenêtres où s'engouffraient les rayons
d'un soleil brûlant. Un vieil employé apparut
enfin, ayant achevé son déjeuner. Mon père et
lui s'entretinrent à voix basse, puis pénétrè-
rent ensemble dans le bureau du maire. Pour
moi, je portai les peaux de belettes jusqu'au
guichet derrière lequel s'alignaient diverses
balances de petit format. Là, les peaux furent
comptées et le total reporté sur un registre en
même temps que le nom de mon père. Je sur-
veillai les opérations de très près quand l'em-

ployée — une myope qui portait des verres très épais — inscrivit le nombre des peaux.

Cette tâche accomplie, je ne savais vraiment plus que faire. Mon père n'en finissait pas de ressortir. Alors, mes chaussures à la main, mes pieds nus faisant un bruit de ventouse sur le plancher du couloir, je me mis en quête de la seule personne que je connaissais dans « la ville » — l'homme qui montait souvent au village nous apporter les nouvelles. Il n'avait plus qu'une jambe. Petits et grands, tout le monde au village l'appelait « Gratte-Papier », mais il rendait divers services, comme d'aider le médecin à l'école, lors de la visite médicale.

« Tiens ! Mais voilà un "Petit Crapaud" ! » tonitrua Gratte-Papier en se levant de sa chaise qui faisait face à la cloison mobile divisant la pièce. Quoiqu'un peu fâché, je m'approchai de sa table de travail : nous l'appelions bien, nous, Gratte-Papier ; qu'il appelât, lui, Petits Crapauds les enfants du village, il n'y avait rien à redire à cela. J'étais très content de l'avoir trouvé.

« Alors, vous avez capturé un nègre, à ce qu'on dit, Petit Crapaud ? dit Gratte-Papier en faisant ferrailler sous la table sa jambe artificielle.

— Ouais, répondis-je en appuyant les mains sur son bureau où se trouvait, enveloppé dans une feuille de journal jaunie, son casse-croûte.

— Ça, c'est quelque chose ! »

J'aurais bien opiné gravement de la tête, comme un adulte, à ce que disaient ses lèvres exsangues, et parlé du soldat noir, mais comment trouver les mots pour décrire le gigantesque nègre ramené au village sous escorte, la veille au soir, comme une prise de chasse ? Je demandai :

« Ce nègre, ils vont le tuer ?

— Je n'en sais ma foi rien. »

Gratte-Papier pointa son menton vers le bureau du maire.

« Ils sont sans doute en train de décider.

— On va l'amener en ville ?

— Tu m'as l'air joliment content que l'école soit fermée ! dit Gratte-Papier, éludant mon importante question. L'institutrice n'est qu'une paresseuse. Se plaindre, c'est tout ce qu'elle sait faire. Pas question pour elle de monter là-haut ! Elle trouve les gosses du village trop sales et puants ! »

Je ne me sentis pas très fier de la crasse qui marquait les plis de mon cou ; mais redressant la tête avec défi j'affectai d'en rire. La jambe artificielle de Gratte-Papier dépassait vilainement de sous son bureau, toute tournée. J'aimais bien le voir sautiller le long du chemin de montagne avec sa bonne jambe, son pilon et une seule béquille ; mais ici, assis sur sa chaise, sa jambe artificielle avait quelque chose de déplaisant et de fourbe, comme les gamins même de « la ville ».

« De toute manière, tant que l'école est fermée, ça fait bien ton affaire, hein ? dit Gratte-Papier en riant, cependant qu'une fois de plus sa jambe artificielle ferraillait sous la table. Toi et tes copains, vous aimez sûrement mieux vous amuser dehors que d'être traités comme de la crotte dans la salle de classe !

— Ces bonnes femmes-là, elles me dégoûtent », dis-je. C'était la vérité : il n'y avait pas une institutrice qui ne fût affreuse et sale. Gratte-Papier éclata de rire. Mais mon père venait de sortir du bureau du maire et m'appelait à voix basse. Gratte-Papier me donna une petite tape amicale sur l'épaule, moi, sur son bras, et je sortis en courant.

« Ne laisse pas le prisonnier prendre le large, hein ? Crapaud ? cria Gratte-Papier dans mon dos.

— Qu'est-ce qui a été décidé pour le type ? demandai-je à mon père tandis que nous revenions sur nos pas à travers "la ville" assommée de soleil.

— Si tu les crois fichus de prendre la moindre responsabilité ! » se contenta-t-il de me répondre avec violence, comme il m'aurait passé un savon. Intimidé par sa mauvaise humeur, je ne dis plus rien et continuai d'avancer en zigzaguant d'une tache d'ombre à l'autre des vilains arbres rabougris plantés le long de la rue. Même les arbres de « la ville » étaient, comme les enfants du cru, rébarbatifs et traîtres.

Nous arrivâmes au pont qui marquait la sortie de l'agglomération. Mon père s'assit sur le parapet surbaissé et, toujours sans rien dire, défit le paquet qui contenait notre déjeuner. Je fis encore des efforts héroïques pour me retenir de poser des questions et tendis mes doigts un peu sales vers le paquet, sur les genoux de mon père. Toujours silencieux, nous mangeâmes nos boules de riz cuit.

Nous achevions notre repas quand une petite fille approcha pour traverser le pont. Son cou avait la fraîcheur délicate d'un cou d'oiseau. Un rapide coup d'œil critique sur mon habillement et ma mine m'amena à la conclusion que j'étais autrement mieux bâti et solide que n'importe quel enfant de « la ville ». J'allongeai les jambes devant moi et attendis le passage à mon niveau de la fillette. Mes oreilles bourdonnaient des battements de mon sang pris de fièvre. Elle me considéra pendant une fraction de seconde avec un froncement de sourcils quelque peu dégoûté et, très vite, passa. D'un seul coup, je ne me sentis plus aucun appétit. Par l'étroit escalier ménagé à la tête du pont, je descendis dans le lit de la rivière pour boire un peu d'eau. L'armoise commune, haute sur tige, y pullulait. J'en fis, à grands coups de pied, un abattis pour me frayer un chemin jusqu'au bord de l'eau. Celle-ci était brunâtre, trouble, malpropre. Je me trouvai affreusement minable et déshérité.

Mollets raidis, visages gluants de sueur, de graisse et de poussière, nous revînmes en délaissant la route de crête ; le temps de retraverser le bois de cryptomères et de redescendre jusqu'à l'entrée du village, le soir déjà couvrait entièrement la vallée ; et si la chaleur du soleil continuait de stagner au-dessus de nous, l'épais brouillard en train de s'élever était pour nous d'une délicieuse fraîcheur.

Laissant mon père aller seul à la maison du chef du village pour faire son rapport, je montai à notre étage de la resserre. Mon frère dormait à poings fermés, affalé sur notre châlit. Je le pris par l'épaule et, le secouant pour le réveiller, je sentis dans ma paume la fragilité de son ossature. Au contact de ma main brûlante sur sa peau nue, ses muscles se contrac-

tèrent légèrement; puis dans ses yeux brusquement grands ouverts, toute trace de fatigue
et de peur s'évanouit.

« Alors, le gars, comment s'est-il comporté ?
demandai-je.

— Il n'a fait que dormir dans sa cave,
répondit mon frère.

— Tu n'as pas eu peur, tout seul ? » m'in-
quiétai-je avec gentillesse.

Il fit non de la tête en me fixant le plus
sérieusement du monde. J'entrouvris le volet
de bois coulissant et grimpai sur le bord de la
fenêtre pour pisser. Le brouillard, comme un
être doué de vie, se jeta sur moi et m'enve-
loppa; en un clin d'œil il s'était coulé jusqu'au
fond de mes narines. Mon jet d'urine portait
loin, rejaillissant de tous côtés sur les cailloux
de la rue; lorsqu'il s'écrasait sur l'auvent de la
fenêtre en saillie du rez-de-chaussée, de tièdes
éclaboussures venaient mouiller le dessus de
mes pieds et mes cuisses toutes grenues de chair
de poule. Mon frère, la tête blottie contre mon
flanc comme un petit animal, contemplait le
spectacle avec le plus vif intérêt.

Nous restâmes un moment dans la même
position. De petits bâillements montaient en
foule du fond de nos étroits gosiers et chacun
d'eux amenait jusqu'à nos paupières quelques
larmes limpides et dénuées de signification.

« Est-ce que Bec-de-Lièvre est venu le voir ? demandai-je à mon frère qui, dans ses efforts pour m'aider à refermer le volet, raidissait les muscles de ses épaules.

— Les enfants qui se risquent sur la place se font attraper, répondit-il d'un air dépité. Mais, dis-moi, est-ce qu'ils vont venir de la ville pour l'emmener ?

— Je n'en sais rien », dis-je.

Nous entendîmes en bas entrer en discutant vivement mon père et la tenancière de l'épicerie-bazar. La dame soutenait obstinément qu'il était au-dessus de ses forces de descendre à la cave pour porter à manger au soldat noir.

« Vous ne pouvez pas me demander ça à moi, une femme ! Mais peut-être que votre fils pourrait rendre ce service-là ? »

J'étais plié en deux en train d'enlever mes chaussures ; je me redressai. La petite main douce de mon frère se crispait sur ma hanche. J'attendis l'appel de mon père en me mordant la lèvre.

« Arrive un peu ! Descends ! »

À l'instant même j'envoyai promener mes chaussures sous le châlit et dégringolai l'escalier quatre à quatre.

Avec la crosse de son fusil qu'il tenait contre lui, il me désigna le panier de nourriture que la femme avait posé par terre. J'acquiesçai d'un signe de tête et empoignai résolument le panier. Sans ajouter un mot nous sortîmes de la resserre, dans l'air glacé par la nappe de brouillard. Les cailloux, sous nos pieds, conservaient quelque tiédeur de la chaleur du jour. Personne ne montait plus la garde sur le côté de la resserre. En apercevant la faible clarté qui filtrait du soupirail, je sentis la fatigue me sourdre par tout le corps avec tous ses poisons. Néanmoins je claquais des dents d'excitation : pour la première fois, j'allais avoir la chance de voir l'homme noir de tout près.

L'imposant cadenas qui fermait la trappe était ruisselant de gouttes d'eau. Après l'avoir retiré, mon père examina l'intérieur de la cave ; puis, seul pour commencer, il descendit avec une infinie circonspection, le fusil prêt à servir. Accroupi à l'entrée, j'attendis. L'air saturé de particules d'eau collait à ma nuque comme un collier. Sous les regards sans nombre, impitoyables qui pesaient sur moi par-derrière, j'avais honte du tremblement de mes jambes brunes et vigoureuses.

« Amène-toi ! » fit mon père en étouffant sa voix. Je descendis quelques marches en serrant le panier contre ma poitrine. Dans la faible lumière dispensée par une ampoule nue, le « prisonnier » était assis à croupetons. Je restai un moment fasciné devant la grosse chaîne de piège à sanglier qui attachait son pied noir à un pilier.

Les bras passés autour des genoux, le menton reposant même, un peu plus bas, sur ses longues jambes, l'homme leva vers moi des yeux injectés de sang, des yeux huileux dans la viscosité desquels on se sentait pris. Tout mon sang se porta d'un coup à mes oreilles et je devins rouge comme un coq. Détournant mon regard, je levai les yeux vers mon père adossé au mur et tenant le Noir en respect avec son fusil. D'un mouvement de menton, mon père me fit signe d'aller. Les yeux à demi fermés, j'avançai droit devant moi et posai le panier de victuailles devant le soldat noir. Tandis que je revenais à reculons, une flambée de terreur me tordit les entrailles et je dus réprimer mon envie de vomir. Chacun avait les yeux fixés sur le panier de provisions : le Noir, mon père et moi. Un chien au loin aboya. Derrière le trou du soupirail, la place enténébrée était déserte et silencieuse.

Le panier de victuailles sur lequel s'attardait le regard intense du soldat noir se chargea soudain pour moi d'un nouvel intérêt. Je le voyais à présent avec les yeux du Noir affamé : il y avait là plusieurs grosses boules de riz cuit ; c'était encore du poisson séché dont la flamme avait éliminé le gras ; c'étaient aussi des légumes bouillis ; c'était enfin du lait de chèvre dans une bouteille de verre taillé à large goulot. Le Noir restait toujours dans la posture qu'il avait au moment où j'étais entré, ne quittant pas des yeux le panier et son contenu. Cela n'en finissait pas, tant et si bien que moi-même, avec mon ventre vide, je commençai à me sentir des crampes d'estomac. Je me posais des questions : méprisait-il le dîner que nous lui présentions parce qu'il le trouvait misérable ? Nous méprisait-il, nous ? Porte-rait-il jamais la main sur cette nourriture ?… Un sentiment de honte déferla sur moi. Si le Noir s'obstinait à ne manifester aucune intention de s'attaquer à la nourriture, la honte que je ressentais gagnerait mon père, lequel, en adulte accablé d'humiliation, serait poussé à bout, se déchaînerait, et le village tout entier serait bientôt rempli du bruit et de la fureur des adultes blêmes de l'affront subi ! Ah ! ç'avait été une riche idée que de vouloir donner à manger à ce soldat nègre !

Mais soudain le Noir allongea le bras — un bras incroyablement long —, souleva entre ses doigts épais aux phalanges hérissées de poils raides la bouteille au large goulot, l'approcha de lui et la flaira. Puis il l'inclina, desserra ses lèvres pareilles à du caoutchouc épais, découvrit deux rangées parfaites de fortes dents

48

éclatantes, chacune bien à sa place comme les pièces dans une machine ; et je vis le lait s'engouffrer dans les profondeurs roses et luisantes du vaste gosier. La gorge du Noir glouglouttait comme un tuyau de vidange quand l'eau et l'air s'y bousculent. Aux deux coins de la bouche qui évoquait péniblement un fruit trop mûr étranglé par une ficelle le lait débordait, gras, dévalait le long du cou, mouillait la chemise ouverte, coulait sur la poitrine, s'immobilisait sur la peau gluante aux reflets sombres en gouttes visqueuses comme de la résine et qui tremblotaient. Je découvris, au milieu de l'émotion qui me desséchait les lèvres, que le lait de chèvre était un liquide extraordinairement beau.

Bruyamment, d'un geste brutal, le Noir remit la bouteille dans le panier. À présent ses incertitudes du début avaient disparu. Dans ses énormes mains les boules de riz, tandis qu'il les roulait, paraissaient être de minuscules gâteaux ; le poisson séché était broyé, avec les arêtes et tout, par les mâchoires aux dents éblouissantes. Adossé au mur à côté de mon père, je restais saisi d'admiration devant cette puissante mastication dont rien ne m'échappait. Absorbé comme il l'était, totalement, par son repas, et ne prêtant pas la moindre attention à notre présence, il m'était loisible de l'étudier, en dépit des efforts que je m'imposais pour faire taire les clameurs de mon estomac —, d'étudier (mais la poitrine quelque peu oppressée) la superbe « prise » des hommes du village. Oui, en vérité, c'était une superbe « prise » !

Un casque de cheveux crépus épousait la forme bien dessinée du crâne. C'était, de part et d'autre, une dégringolade de petites boucles qui, au-dessus des oreilles pointues comme celles d'un loup, prenaient la couleur d'une mèche qui charbonne. De la gorge à la poitrine la peau était comme éclairée par en dessous d'une lumière violacée, et chaque fois qu'il faisait pivoter son cou gras et huileux, y creusant des sillons tenaces, je n'étais plus maître des battements de mon cœur. Et puis il y avait aussi cette odeur de son corps qui pénétrait toutes choses comme un poison corrosif, souverain et durable comme la nausée qui vous monte soudain à la gorge, une odeur qui me mettait le feu aux pommettes, qui me traversait d'impressions pareilles à des éclairs de folie...

Tandis que je considérais le soldat noir et sa voracité de rapace, ma prunelle fiévreuse et larmoyante comme dans les cas d'inflammation métamorphosait les médiocres nourritures du panier en un somptueux et trop riche festin exotique, avec des vins du meilleur cru. S'il en était resté le moindre morceau, avec une secrète volupté je m'en serais emparé de mes doigts tremblants et l'aurais rapidement englouti. Mais le Noir ne laissa rien et racla même avec le gras du doigt l'assiette aux légumes bouillis.

Mon père me donna un coup de coude dans le côté. Comme si je m'éveillais de quelque trouble et licencieuse rêverie, c'est rempli de colère et de honte que je m'avançai vers le captif et saisis le panier. Protégé par le canon du fusil de mon père, je tournai le dos au soldat et j'allais m'engager dans l'escalier quand je l'entendis tousser, d'une toux grasse et grave. Je manquai la marche et, de frayeur — je le perçus —, tout mon corps eut la chair de poule.

En haut de l'escalier du premier étage de la resserre, il y avait, coincé de biais dans le creux d'un poteau, un miroir aux reflets sombres. Ce que j'aperçus dans son miroitement tandis que je gravissais les marches, ce fut, livide et mordant ses lèvres exsangues, un jeune Japonais parfaitement insignifiant qui, le visage traversé de tics, émergeait peu à peu dans la pâle lumière. Mes bras pendaient sans force ; je me sentais sur le point de pleurer. Je dus faire effort pour dominer une sensation pathétique d'absolue défaite et rouvrir, dans notre logement, les volets qu'on avait, je ne sais trop quand, fermés.

Mon frère était accroupi sur notre châlit. Il avait le regard brillant, chargé de fièvre, un peu desséché par la peur.

« C'est toi qui as tiré les volets ? lui demandai-je avec un vague sourire condescendant destiné à masquer le tremblement de mes lèvres.

— Oui, fit-il en baissant les yeux, honteux de sa couardise. Alors ? Le nègre ?

— C'est incroyable ce qu'il peut sentir fort », dis-je soudain submergé par la fatigue.

C'était vrai, je n'en pouvais plus, je me sentais moralement dans un dénuement trop lourd pour mes épaules. Après la descente à « la ville », le dîner du soldat noir, toute cette longue journée d'activité ininterrompue, mon corps alourdi était gorgé de fatigue comme une éponge saturée d'eau. J'enlevai ma chemise encore constellée de brins d'herbe, de feuilles sèches, de baies hirsutes de genre « teigne » et me pliai en deux pour nettoyer mes pieds nus avec une serpillière — donnant par ces gestes ostensiblement à entendre à mon cadet que je n'étais aucunement disposé à me laisser poser d'autres questions. Il me considéra en faisant la moue, les yeux rivés sur moi d'un air préoccupé. Je me glissai près de lui, ramenant sur mon menton la couverture qui sentait la sueur et le jeune animal. Mon frère se mit sur son séant, les genoux joints et pressés contre mon épaule, et se contenta de m'observer sans pousser plus loin ses questions : exactement comme quand j'étais malade avec la fièvre ; de mon côté, exactement aussi comme quand j'avais la fièvre, je n'aspirais qu'à une chose : dormir.

À mon réveil, très tôt le lendemain matin, parvint jusqu'à moi le bruit d'une agitation. Cela venait de la place en bordure de la resserre. Mon père et mon frère étaient sortis. Je levai vers le mur mes yeux encore enfiévrés et pus constater que le fusil n'y était plus accroché. Prêtant l'oreille au tumulte extérieur et vérifiant une fois de plus que l'arme n'était plus au râtelier, je sentis mon cœur se mettre à battre à grands coups dans ma poitrine. Je sautai à bas du lit, saisis ma chemise au passage et m'engouffrai dans l'escalier.

La place était noire de monde. Mêlés aux adultes, les enfants levaient vers eux leurs petites figures sales, toutes tendues d'anxiété. À l'écart, Bec-de-Lièvre et mon frère se tenaient accroupis près du soupirail de la cave.

« Ces salauds-là étaient en train de l'épier ! »

me dis-je avec colère, et j'allais me précipiter vers eux quand j'aperçus Gratte-Papier qui, la tête penchée et soutenu par sa béquille, émergeait de l'escalier de la cave. Un terrible, un sombre abattement, une grande coulée de dépit m'envahirent tout entier. Pourtant Gratte-Papier ne précédait pas une civière avec le cadavre du soldat noir. Je vis seulement apparaître mon père. Il portait sur l'épaule son fusil dont le canon était engagé dans son fourreau de toile, et conversait à mi-voix avec le chef du village. Je poussai un soupir, cependant qu'une sueur brûlante comme de l'eau bouillante m'inondait les flancs et l'intérieur des cuisses.

« Viens donc voir ! me cria Bec-de-Lièvre en me voyant figé sur place. Amène-toi ! »

Je me mis à quatre pattes sur les cailloux chauds et plongeai mes regards dans l'étroit soupirail ouvert au ras du sol. Au fond de la nappe de ténèbres, le soldat noir gisait recroquevillé par terre, sans forces ; on aurait dit une bête rouée de coups qui se serait effondrée comme une masse.

« Ils l'ont battu ? demandai-je à Bec-de-Lièvre tandis que je me redressais tremblant de colère. Ils l'ont battu, alors qu'il a les pieds entravés et ne peut pas faire un mouvement ?

— Battu ? Qu'est-ce que tu chantes là ? »

Bec-de-Lièvre, pour mettre ma colère en déroute, avait pris une attitude agressive, moue menaçante et faciès tendu.

« Est-ce qu'ils l'ont battu ? criai-je.

— Ah bien oui, battu ! fit-il d'un air de regret. Une fois entrés, ils se sont contentés de le regarder ! Sans plus ! Le nègre était comme tu le vois. »

Mon irritation tomba. Je hochai la tête vaguement. Mon frère ne me quittait pas des yeux.

« Rien de grave, donc », lui dis-je.

Un gamin du village voulut me contourner pour aller regarder par le soupirail : un coup de pied dans les reins décoché par Bec-de-Lièvre lui arracha des cris de douleur. Bec-de-Lièvre s'était d'ores et déjà arrogé le pouvoir d'accorder ou non le droit de regarder par le soupirail ; et il montait une garde jalouse pour interdire à quiconque de porter atteinte à cette prérogative.

Laissant là Bec-de-Lièvre et mon frère, je rejoignis le cercle d'adultes formé autour de Gratte-Papier et qui discutait avec lui. Comme je n'étais ni plus ni moins qu'un gamin du village avec la morve au nez en train de sécher au-dessus de la lèvre, il m'ignora superbement, continua sa conversation, portant un coup sérieux à mon amour-propre et à mon amitié pour lui. Mais il y a des circonstances où l'on ne peut pas se permettre un point d'honneur et un amour-propre trop exigeants. Glissant ma tête entre des reins d'adultes, je prêtai l'oreille aux propos qu'il échangeait avec le chef du village.

Gratte-Papier expliquait que ni la mairie de « la ville » ni le commissariat de police n'étaient habilités à décider du sort d'un prisonnier de guerre. On avait informé la préfecture, mais aussi longtemps qu'on n'aurait pas reçu de réponse, c'était au village de le prendre en charge ; il lui en était fait obligation absolue. Le chef du village essayait bien de soulever des objections, répétant que le village ne disposait pas de moyens suffisants pour héberger un soldat noir prisonnier de guerre ; sans compter qu'escorter ce dangereux personnage le long des chemins de montagne serait pour les villageois réduits à leurs seules forces une tâche par trop ardue, car l'interminable saison des pluies et les inondations avaient tout compliqué, tout rendu difficile... Rien n'y fit : devant le ton impératif de Gratte-Papier — un ton de fonctionnaire subalterne qui se donne de l'importance —, les villageois pusillanimes s'inclinèrent. Pour moi, sitôt assuré que, jusqu'à ce que les intentions de la préfecture soient précisées, le Noir resterait confié à la garde du village, je m'éloignai du groupe des grandes personnes visiblement perplexes et mécontentes pour aller vite rejoindre Bec-de-Lièvre et mon frère, assis en tailleur devant le soupirail, comme des gens qui en auraient eu le monopole. Les sentiments dont j'étais rempli, c'étaient immense soulagement, attente chargée d'espoir, inquiétude aussi — car celle des adultes m'avait gagné, avait rampé en moi comme une grosse chenille.

« Je vous l'avais bien dit, qu'ils ne le tueraient pas ! triompha Bec-de-Lièvre. Est-ce qu'un nègre peut être considéré comme un ennemi ?

— Ça aurait été un fameux gâchis ! » dit mon frère joyeusement.

Sur quoi tous les trois, nos fronts se heurtant, nous nous mîmes à regarder par le soupirail. L'homme n'avait pas bougé, il était toujours affalé par terre. En voyant sa respiration gonfler puissamment sa poitrine dans un mouvement très régulier, nous poussâmes un soupir de satisfaction. D'autres enfants s'étaient aventurés jusqu'à la limite de nos semelles, retournées au ras du sol et en train de sécher au soleil, et ils manifestaient leur mécontentement par des murmures ; Bec-de-Lièvre eut tôt fait de se redresser et, par ses invectives, de les faire déguerpir en piaillant.

Vint un moment où nous en eûmes assez de regarder l'homme toujours couché par terre. Il n'était pourtant pas question de renoncer à notre privilège : moyennant la promesse d'une compensation en dattes, abricots, figues ou kakis. Bec-de-Lièvre autorisa les autres, un par un, à jeter un bref coup d'œil par le soupirail. La surprise et l'émotion suffisaient à leur congestionner la nuque tandis qu'ils plongeaient leurs regards dans la cave, et, lorsqu'ils se redressaient, ils essuyaient de la main leur menton noir de poussière. Adossé au mur de la resserre, je les considérais en train de se passionner pour la première authentique expérience de leur existence, tandis que le soleil rôtissait leur petit derrière et que Bec-de-Lièvre les houspillait pour presser le mouvement ; et j'en éprouvais un sentiment d'étrange satisfaction, d'étrange plénitude, de tonique exaltation. Bec-de-Lièvre renversa sur ses genoux nus un chien de chasse qui s'était échappé du groupe des grandes personnes, et se mit à l'épucer. Tout en écrasant les bestioles entre ses ongles couleur d'ambre, il apostrophait les garçons avec une arrogance insultante et leur criait ses ordres. Notre petit jeu se poursuivit même après que les hommes eurent raccompagné Gratte-Papier jusqu'au chemin de crête. De temps à autre, malgré les fielleuses protestations qui fusaient derrière nous, nous regardions longuement dans la cave, mais le Noir était toujours vautré par terre, sans esquisser le moindre mouvement. À croire que le seul regard sur lui des grandes personnes avait suffi à le blesser !

Ce même soir, pour la seconde fois, avec mon père armé de son fusil, je descendis dans la cave une lourde marmite de fer contenant une ratatouille au riz. Le Noir leva vers nous ses yeux aux paupières ourlées d'un épais dépôt de chassie jaune, plongea aussitôt dans la marmite brûlante ses doigts hérissés de poils et se mit à dévorer. J'étais maintenant en mesure de le regarder faire tranquillement ; mon père, lui, ne pointait plus son arme vers le prisonnier : appuyé contre le mur, il avait l'air de s'ennuyer profondément.

À force de considérer le frémissement de l'épaisse encolure du Noir penché sur la marmite, la tension soudaine et le relâchement de ses muscles, je finissais par voir en lui, étant donné sa docilité, une espèce d'animal gentil et paisible. Levant les yeux vers le soupirail, j'aperçus Bec-de-Lièvre et mon frère : ils nous regardaient en retenant leur souffle. J'adressai un sourire fugitif et malicieux à leurs prunelles qui brillaient d'un éclat sombre. Je m'habituais à ce soldat noir et cela faisait croître en moi les germes d'une joie véritablement exultante. Mais quand le Noir se redressa comme un ressort, dans un mouvement qui fit tinter durement la chaîne du piège qui l'entravait, ma peur revint en force, brutalement, déferlant jusque dans les moindres canaux de mon réseau sanguin, tandis que pas un centimètre carré de mon épiderme n'était épargné par la chair de poule.

À partir de ce jour-là, escorté de mon père qui ne prenait même plus la peine d'abaisser son fusil, j'eus le privilège exclusif de porter au Noir, deux fois par jour, matin et soir, sa nourriture. Lorsque tôt le matin, ou bien le soir à la tombée de la nuit, mon père et moi apparaissions sur le côté de la resserre avec au bras le panier de victuailles, les gamins à l'affût sur la place poussaient en chœur d'énormes soupirs qui montaient dans l'air et s'y diluaient comme un nuage. Semblable à un professionnel qui a perdu tout intérêt pour les tâches de sa spécialité, mais qui, au moment de les accomplir, ne s'en acquitte pas moins avec une minutie scrupuleuse, je traversais la place avec une mine grave, sans un regard pour les autres enfants. Mon frère et Bec-de-Lièvre me flanquaient de part et d'autre et m'accompagnaient jusqu'à l'entrée de la cave, ce dont ils étaient fort satisfaits ; puis dès que mon père et moi commencions à descendre les marches, ils couraient vite reprendre leur poste d'observation, devant le soupirail. Quand bien même j'en aurais eu assez de descendre ses repas au soldat noir, j'aurais continué à m'acquitter de cette tâche pour la seule satisfaction de capter, tandis que j'allais mon chemin, les soupirs de dévorante envie qui ne tarissaient pas dans mon dos, atteignant même le ton du murmure de mécontentement chez tous les autres enfants, y compris Bec-de-Lièvre.

Pourtant je demandai à mon père d'accorder à Bec-de-Lièvre l'autorisation spéciale de descendre à la cave une fois par jour — une seule, l'après-midi. Il y consentit. Ma requête n'avait d'autre motivation que le désir de transférer sur Bec-de-Lièvre une partie d'un fardeau devenu trop lourd pour mes seules épaules. On avait disposé dans un recoin, près d'un poteau de soutènement, un vieux tonneau de petite dimension, pour les besoins naturels du prisonnier. L'après-midi, Bec-de-Lièvre et moi soulevions avec d'infinies précautions, par la grosse corde qui le traversait, le tonnelet en question, montions l'escalier et allions déverser, dans un bruit de cascade, à la décharge municipale, l'épais et nauséabond

mélange de déjections et d'urine. Bec-de-
Lièvre mettait d'ailleurs à s'acquitter de sa
tâche une ardeur qui passait la mesure : il lui
arrivait, avant de vider le récipient dans
la grande cuve qui se trouvait au bord de la
décharge, d'en touiller le contenu avec un bout
de bois et de faire des commentaires sur la
digestion du Noir, plus spécialement sur l'as-
pect de sa diarrhée, décrétant par exemple
qu'elle était due aux grains de millet contenus
dans les ratatouilles.

Quand nous descendions à la cave avec
mon père pour prendre possession de l'objet,
nous trouvions parfois le prisonnier — pantalon sur les chevilles, fesses noires et luisantes
projetées en arrière — à califourchon sur le
tonnelet dans la posture, ou peu s'en faut,
d'un chien en train de copuler. Nous atten-
tions alors un moment — il le fallait bien —
derrière lui. Dans ces moments-là, Bec-de-
Lièvre, frappé d'étonnement et de crainte res-
pectueuse, le regard comme perdu dans un
rêve, l'oreille attentive au léger bruit de la
chaîne reliant, de part et d'autre du récipient,
les pieds du soldat noir, m'agrippait violem-
ment le bras.

Le prisonnier finit par être notre seule et
unique préoccupation, à nous, les gamins.
Chaque minute, chaque seconde de notre exis-

tence était remplie par lui. C'était comme une maladie contagieuse qui nous aurait contaminés l'un après l'autre. Mais les adultes, eux, avaient d'autres chats à fouetter ; la contagion ne s'étendit pas jusqu'à eux : ils n'avaient pas le temps de rester les bras croisés en attendant les instructions de la mairie — qui d'ailleurs n'en finissaient pas de se faire attendre. Et quand mon père à son tour, à qui incombait la charge de surveiller le prisonnier, recommença à chasser, l'existence du Noir dans son trou de cave devint, sans restriction aucune, ce qui remplissait exclusivement la vie quotidienne des enfants.

Dans la journée, Bec-de-Lièvre, mon frère et moi nous prîmes l'habitude de rester enfermés dans la cave où le Noir était accroupi. Au début ce ne fut pas sans de grands battements de cœur à la pensée d'enfreindre la règle ; puis bien vite, l'accoutumance aidant, avec la plus grande sérénité : n'était-ce pas nous qui désormais nous trouvions investis de la responsabilité de garder le prisonnier puisque les hommes étaient au travail dans la montagne ou dans la vallée, et qu'il n'en restait pas un au village ? Bec-de-Lièvre et mon frère avaient déserté le soupirail, abandonné maintenant aux gamins du village. À plat ventre sur le sol poussiéreux et brûlant, ils s'y succédaient, la gorge desséchée par l'envie, pour nous observer tous les trois assis en tailleur autour du prisonnier. L'un d'entre eux venait-il d'aventure, sous l'empire de la jalousie, à oublier ses devoirs et faisait-il mine de vouloir pénétrer sur nos pas dans la cave ? Pour prix de sa rébellion, Bec-de-Lièvre lui administrait une bonne rossée qui le laissait étendu par terre et saignant du nez.

Mais déjà nous n'avions plus à porter le « tonneau du nègre » que jusqu'en haut des marches ; car à présent le soin de le transporter jusqu'à la décharge, par une chaleur torride, en subissant de surcroît le supplice de sa puanteur, avait été confié aux autres enfants. Ceux qu'avec condescendance nous avions nommément désignés emportaient, le visage épanoui, le tonneau en droite ligne jusqu'à la décharge en prenant bien garde de perdre en route une seule goutte de cette mixture jaunâtre qui, à leurs yeux, n'avait pas de prix. Et chaque matin toute la marmaille du village, y compris nous-mêmes, nous dirigions nos regards vers le sentier qui, du chemin de crête, descendait à travers bois, en priant le Ciel de ne pas voir apparaître Gratte-Papier porteur des instructions redoutées.

La chaîne qui enserrait les chevilles du soldat noir entama la peau, provoquant une inflammation. Du sang suinta de la plaie ; des gouttes roulèrent sur le cou-de-pied où elles se condensèrent et restèrent fixées, comme des brins d'herbe desséchés. Cet épiderme blessé, enflammé, de ton rosâtre nous causait du souci. Quand le Noir s'asseyait à califourchon sur le tonneau, la douleur était si vive que, pour la dominer, il découvrait toutes ses dents comme un enfant qui rit. Après nous être tous les trois regardés dans le blanc des yeux, nous nous concertâmes et prîmes la décision de retirer la chaîne des pieds du prisonnier. L'homme, comme un animal abruti, le regard constamment embué par des larmes ou quelque mucosité — on ne savait au juste —, les bras autour des genoux, restait continuellement accroupi sur le sol de la cave, sans jamais dire un mot : quel mal pourrait-il nous faire quand nous lui retirerions ses fers ? Ce n'était rien d'autre qu'une « bête nègre ».

J'allai chercher la clé du piège à sangliers dans la boîte à outils de mon père. Bec-de-Lièvre s'en saisit vigoureusement et se pencha si fort que son épaule touchait les genoux du soldat. À peine libéré de ses entraves, le Noir se dressa brusquement sur ses jambes en poussant une espèce de grognement et se mit à taper des pieds par terre. Bec-de-Lièvre, pleurant d'épouvante, jeta le piège contre le mur et grimpa quatre à quatre l'escalier, tandis que mon frère et moi, incapables même de nous remettre sur nos jambes, nous bornions à nous pelotonner l'un contre l'autre ; si brutalement était ressuscitée en nous la peur du soldat noir que nous avions le plus grand mal à respirer. L'homme cependant ne fondit point sur nous comme un aigle ; au lieu de cela, il se rassit, entoura de ses bras ses longues jambes et contempla d'un regard terne et voilé de larmes ou de quelque mucosité le piège à sangliers gisant au pied du mur. Quand Bec-de-Lièvre reparut, honteux et penaud, mon frère et moi l'accueillîmes avec des sourires aimables. Le soldat noir était comme un animal domestique — la douceur même…

Tard ce soir-là, quand mon père vint mettre l'énorme cadenas du couvercle de la trappe, il s'aperçut que le prisonnier n'avait plus ses entraves. L'angoisse me brûlait le cœur ; pourtant il ne me fit aucun reproche. Aussi doux qu'un animal domestique… L'idée était en train de faire son chemin, comme l'air, jusqu'aux poumons des gens du village, petits et grands, et de se diluer en eux.

Le lendemain matin, Bec-de-Lièvre, mon frère et moi descendîmes au Noir son déjeuner du matin. Il avait le piège sur les genoux et était en train de le tripoter. En le jetant vio-lemment contre le mur, Bec-de-Lièvre avait cassé le mécanisme de fermeture des mâchoires. Le Noir examinait la partie accidentée avec le même savoir-faire, la même sûreté d'expert que le réparateur de pièges qui chaque printemps montait au village. Puis tout à coup il releva son front aux reflets sombres, arrêta son regard sur moi et me fit comprendre par des gestes ce dont il avait besoin. Mon regard croisa celui de Bec-de-Lièvre, incapable que j'étais de contenir la joie qui effaçait sur mon visage toute trace de tension : le soldat noir communiquait avec nous ! De la même façon que les bêtes entraient en communication avec nous, ainsi faisait le soldat noir !

Nous courûmes jusque chez le chef du village. Dans l'entrée de sa maison, nous prîmes une boîte à outils appartenant à la communauté et, la chargeant sur nos épaules, la rapportâmes à la cave. Cette boîte était pleine d'instruments qui auraient pu être utilisés comme armes ; cependant nous n'hésitâmes pas à la remettre au soldat noir. Nous ne pouvions pas croire que ce Noir doux comme un de nos animaux domestiques eût été naguère un ennemi nous faisant la guerre ; nous rejetions comme folle toute idée de ce genre. Le prisonnier considéra la boîte, puis nous considéra à notre tour ; qu'il fût sous notre garde

nous mettait, de joie, le corps en effervescence.

«On dirait bien un être humain», me dit
Bec-de-Lièvre à voix basse.

J'exultais; j'étais si heureux que je me tor-
dais de rire en donnant des bourrades dans le
derrière de mon frère. Du soupirail déferlèrent
sur nous comme une nappe de brouillard les
sifflements d'admiration de nos camarades.

Nous ressortîmes avec le panier à provisions. Sitôt avalé notre petit déjeuner, nous
retournâmes à la cave. Le Noir avait tiré de la
boîte à outils une clé à molette et un petit
marteau qu'il avait disposés par terre, bien en
ordre, sur une toile de sac. Nous nous assîmes
en tailleur à côté de lui et il nous regarda, le
visage détendu, découvrant ses fortes dents
qui avaient maintenant jauni, faute d'être
lavées; nous eûmes ainsi la révélation brutale
qu'un soldat noir aussi pouvait sourire; et
nous prîmes conscience qu'entre lui et nous,
d'un seul coup, venaient de s'établir des liens
solides, profonds, presque «humains».

L'après-midi était très avancé quand la
domestique du forgeron vint chercher Bec-de-
Lièvre avec des cris et des gros mots. Nous
commencions à avoir mal aux reins de notre
longue station assise; mais le Noir, lui, les
doigts salis de poussière et de vieille graisse,

vérifiait et vérifiait encore, en produisant à chaque fois un petit bruit métallique, le bon fonctionnement des mâchoires à ressort du piège à sangliers.

Je ne me lassais pas de regarder tantôt les paumes roses de ses mains où la pression du bord des mâchoires du piège imprimait de légers creux, tantôt sur son cou épais et trempé de sueur le tracé zigzaguant des rigoles de crasse grasse. Cela provoquait en moi une nausée point désagréable, une très légère répulsion qui n'était pas sans lien avec le désir. Gonflant ses joues comme s'il fredonnait quelque chose au-dedans de sa vaste cavité buccale, l'homme était tout entier à son travail. Mon frère, les coudes appuyés sur mes genoux, le regard brillant d'admiration, ne perdait pas une miette du jeu des doigts du soldat noir. Un essaim de mouches tourbillonnait autour de nous ; leur bourdonnement s'imbriquait en tous sens dans l'air étouffant et cet enchevêtrement sonore retentissait jusqu'au tréfonds de mon oreille.

Quand les mâchoires du piège se refermèrent sur un paquet de gros liens de paille avec, cette fois, un claquement bien ferme et sec, le Noir reposa soigneusement l'engin par terre et nous sourit de ses yeux huileux. Des gouttes de sueur roulaient en tremblotant sur son front noir et luisant. Nous lui rendîmes son sourire. Longtemps en vérité nous considérâmes son regard plein de gentillesse, en souriant comme nous souriions aux chèvres ou aux chiens de chasse. On étouffait. Plongés jusqu'au cou dans cette atmosphère d'étuve, comme si la commune délectation que nous en retirions constituait un lien entre le prisonnier et nous, nous continuions de nous sourire...

Un matin, on apporta au village Gratte-Papier couvert de boue et le menton en sang : il avait fait une chute dans les bois, dégringolant du haut d'un escarpement ; un villageois, en se rendant à son travail dans la montagne, l'avait trouvé sur son chemin, dans cet état, incapable de faire un mouvement, et secouru. Chez le chef du village où il avait reçu des soins, Gratte-Papier, en plein désarroi, ne quittait pas des yeux sa jambe artificielle, tordue à l'endroit même où un manchon de métal bloquait le cuir épais et résistant, de sorte qu'il était devenu impossible de la remettre correctement en place. Quant aux instructions de « la ville », Gratte-Papier ne faisait pas le moindre effort pour les communiquer, à la grande irritation des hommes du village. Pour nous, convaincus qu'il était venu chercher le prisonnier, nous aurions voulu qu'on ne l'eût point retrouvé au pied du rocher et qu'il y fût mort de faim. En fait, il n'était monté que pour expliquer qu'on attendait toujours les instructions de la préfecture. Notre joie, notre entrain, notre amitié aussi pour Gratte-Papier revinrent ; nous retournâmes à la cave avec sa jambe artificielle et la boîte à outils.

Allongé sur le sol transpirant de la cave, le Noir était en train de chanter à mi-voix, de sa voix grave, un chant qui nous prenait étrangement aux entrailles, un chant plein de sanglots et de cris étouffés qu'on sentait prêts à fondre sur nous. Nous lui montrâmes l'appareil endommagé. Il se mit debout, considéra un moment la jambe artificielle et puis se mit incontinent à l'ouvrage. Une explosion de joie nous parvint du soupirail, où les enfants se tenaient en observation ; avec Bec-de-Lièvre et mon frère, je riais à gorge déployée.

Le soir, lorsque Gratte-Papier pénétra dans la cave, la jambe était complètement réparée ; et quand, l'ayant ajustée à son moignon, il se remit debout, nous poussâmes à nouveau de grands cris de joie. Gratte-Papier gravit l'escalier par saccades et sortit sur la place afin d'éprouver l'appareil. Nous fîmes lever le soldat noir en le tirant par les bras et, sans hésiter une seconde, comme s'il se fût agi d'une vieille habitude, nous l'entraînâmes jusqu'à la place.

C'était la première fois depuis sa capture que le Noir se retrouvait à l'air libre; il aspira goulûment, par ses larges narines, l'air délicieusement frais et léger de cette soirée déjà automnale, et observa avec une attention passionnée Gratte-Papier en train d'essayer sa jambe : tout allait à merveille. Gratte-Papier revint en courant sur ses pas, tira de sa poche une cigarette de feuilles de persicaire — de ces cigarettes plus ou moins difformes qui ont, ou peu s'en faut, une odeur de feu d'herbes et dont la fumée, lorsqu'elle atteint les yeux, vous pique horriblement —, l'alluma et la tendit au colosse noir. Quand celui-ci en tira une bouffée, il fut pris d'une toux atroce et se plia en deux en se tenant la gorge. Gratte-Papier, fort contrarié, grimaça un sourire malheureux, mais nous, les enfants, nous partîmes d'un grand éclat de rire. Le soldat noir se redressa, de son immense main essuya ses larmes; puis, tirant de son pantalon de toile serré au niveau de ses prodigieuses hanches, une pipe noire et luisante, il la tendit à Gratte-Papier. Gratte-Papier accepta le présent; le Noir eut un hochement de tête satisfait; les rayons du couchant les baignaient d'une lumière pourpre. Nous nous mîmes à crier jusqu'à en avoir la gorge douloureuse, riant comme des fous, et menant grand tapage autour d'eux.

Dès lors nous tirâmes fréquemment le captif de sa cave pour lui faire faire une promenade le long de la route empierrée. Les grandes personnes ne nous dirent rien. Venaient-elles à le rencontrer avec son cercle d'enfants autour de lui ? Elles se contentaient de détourner les yeux et de faire quelques pas de côté, exactement comme elles entraient dans les buissons quand elles croisaient sur leur chemin, venant de chez le chef du village, le taureau communal.

Même quand les enfants, réquisitionnés par leurs parents pour travailler à la maison, ne pouvaient rendre visite au soldat noir dans sa résidence souterraine, personne, ni petits ni grands, ne s'effrayait plus de le trouver en train de faire un somme sur la place, à l'ombre d'un arbre, ou lentement les cent pas le long de la route. Au même titre que les chiens, les enfants et les arbres, il faisait désormais partie de l'existence du village.

Les jours où, à l'aube, mon père était de retour avec, à sa ceinture, un long, étroit et disgracieux piège fabriqué avec des lattes de bois clouées et dans lequel se débattait une belette dodue au corps incroyablement étiré, mon frère et moi devions passer toute la matinée dans la cave pour l'aider à dépouiller la bête. Ces jours-là, nous souhaitions de tout notre cœur que le soldat noir vînt nous regarder en train de travailler. Quand cela se produisait, il s'agenouillait en retenant son souffle, de part ou d'autre de mon père, lequel tenait ferme dans sa main le couteau à dépecer au manche ensanglanté, à la lame barbouillée de graisse. Nous formions alors des vœux pour que l'opération, à cause de la présence du Noir, provoquât la mort rapide et définitive de l'astucieuse belette qui ne se laissait pas faire, et révélât par là même la sûreté du tour de main. Au moment où la bête avait le cou rompu — suprême malice d'un être à l'article de la mort ? — elle libérait une puanteur atroce ; et quand, ouverte par la lame à l'éclat éteint dans un léger bruit de déchirure, la fourrure était retombée, il y avait plus, gisant, qu'un ignoble petit corps écorché, assemblage de chairs prisonnier d'une enveloppe aux reflets gris perle. En faisant très attention à ce que la tripaille ne se répande pas, mon frère et moi allions jeter le tout à la décharge communale, et quand nous étions de retour, essuyant nos doigts souillés à de larges feuilles d'arbres, la peau de la belette était déjà clouée, montrant sa face interne, à une planche, et les membranes graisseuses, les fins vaisseaux sanguins luisaient dans le soleil. Le soldat noir, la bouche en cul de poule, émettait une sorte de gazouillement d'oiseau en observant mon père qui, pour faciliter le séchage, évacuait la graisse de tous les replis en pinçant la peau entre ses gros doigts. Et une fois que la fourrure, étalée contre la cloison, était sèche et aussi dure que les griffes, et que le Noir, fasciné par le réseau de marques rougeâtres qui évoquait une carte des chemins de fer, béait d'admiration, mon frère et moi fondions d'orgueil d'avoir un père doté d'une telle technique. Il arrivait parfois que mon père, entre deux pulvérisations d'eau sur la fourrure, jetât un coup d'œil amical au Noir. Dans ces moments-là, nous ne formions tous les quatre qu'une seule famille, cristallisée autour de la technique paternelle de traitement des belettes.

Le Noir aimait aussi aller voir le forgeron travailler dans sa forge. Nous nous y rendions avec lui, particulièrement quand Bec-de-Lièvre, nu jusqu'à mi-corps et le buste éclairé par la flamme, aidait à fabriquer une houe. Lorsque le forgeron, les mains noircies de cendre de charbon de bois, prenait à pleines mains et soulevait un morceau de fer rougi au feu pour le précipiter dans de l'eau, le Noir laissait échapper un cri admiratif qui ressemblait à une plainte, tandis que de notre côté nous applaudissions bruyamment. Le forgeron jubilait et répéta souvent ce dangereux exercice, pour démontrer son savoir-faire.

Les femmes elles-mêmes finirent par ne plus avoir peur du soldat noir. Parfois elles lui donnaient directement de la nourriture.

On était au cœur de l'été, et les instructions préfectorales n'arrivaient toujours pas. Le bruit courut que le chef-lieu où se trouvait la préfecture avait été bombardé et incendié ; mais l'effet produit par la chose sur notre village fut absolument nul. L'air en suspension, du matin au soir, au-dessus du village était plus brûlant que les flammes qui pouvaient consumer une cité. Quand nous nous asseyions autour du soldat noir dans la cave où ne passait aucun souffle, une odeur de graillon lourde à vous faire défaillir, une puanteur pareille à celle des chairs de belette en train de se décomposer sur la décharge communale, remplissait maintenant l'espace. Nous en faisions un sujet de plaisanterie et nous en riions jusqu'aux larmes ; mais quand le Noir se mettait à transpirer, l'odeur était tellement insupportable que rester près de lui était au-dessus de nos forces.

Un après-midi de canicule, Bec-de-Lièvre proposa d'emmener le Noir à la source qui alimentait la fontaine du village. Consternés de n'avoir pas eu cette idée nous-mêmes, nous n'en montâmes pas moins l'escalier en tirant le Noir par la main — une main gluante de crasse. Les enfants attroupés sur la place nous accueillirent avec des vivats et nous entourèrent, tandis que nous nous engagions en courant sur la chaussée recuite par le soleil.

Une fois nus comme une bande d'oisillons, nous dépouillâmes le Noir de ses vêtements et sautâmes tous ensemble dans le bassin, nous éclaboussant les uns les autres et poussant des cris. Notre nouvelle idée nous plongeait dans le ravissement. Le Noir était si grand que, même en s'avançant jusqu'au point le plus profond du bassin, l'eau ne lui arrivait qu'à la ceinture. Chaque fois que nous l'éclaboussions exprès, il poussait un cri de poulet qu'on égorge, plongeait la tête sous l'eau et restait ainsi jusqu'à ce qu'enfin il reparût en crachant de l'eau dans un hurlement de triomphe. Ruisselant d'eau et réfléchissant les rayons violents du soleil, le Noir, dans sa nudité, était aussi éclatant que la robe d'un cheval noir ; il était d'une absolue beauté. Dans un tapage infernal, nous nous battions en poussant des hurlements, à coups d'éclaboussures ; puis, très vite, les fillettes restées tout d'abord groupées sous les chênes qui entouraient le bassin vinrent plonger à leur tour dans la fontaine leur grêle nudité. Bec-de-Lièvre attrapa l'une d'elles au passage et commença son obscène cérémonie. Nous entraî-nâmes le Noir à l'endroit le plus adéquat pour bien voir Bec-de-Lièvre en train de recevoir son plaisir. Le soleil déversait une chaleur tor-ride sur la masse ferme de nos corps ; comme en effervescence, l'eau bouillonnait en scin-tillant. Bec-de-Lièvre, hilare et cramoisi, lan-çait un cri chaque fois qu'il allongeait une grande claque sur les fesses, brillantes de gouttes d'eau, de la fille ; et nous riions, nous, à grand bruit, tandis que la fille pleurait.

Et puis voici que d'un seul coup nous fîmes une découverte : le soldat noir avait un sexe superbe à n'y pas croire, imposant, héroïque, grandiose. Nous fîmes cercle autour de lui, nous bousculant de nos flancs nus, comme un chœur qui pousse à la roue ; le Noir, de son côté, saisissant à pleine main son sexe, se campa avec l'impétueuse audace d'une chèvre qui fait des avances et poussa une espèce de beuglement. Nous rîmes aux larmes et inon-dâmes son membre d'éclaboussures d'eau. Là-dessus, Bec-de-Lièvre, toujours nu comme un ver, courut à toute vitesse jusqu'à la cour de bazar-mercerie et en ramena une grande vieille bique, accueilli pour cette ingénieuse idée par des acclamations à tout rompre. Le

Noir, criant à plein gosier — on discernait dans le fond la muqueuse rose — sauta hors du bassin et entreprit de besogner la chèvre effarée et bêlante. Nous riions comme des déments, tandis que Bec-de-Lièvre pesait de toutes ses forces sur la tête de l'animal et que le Noir, dont le sexe dans le soleil brillait d'un éclat sombre, livrait un combat désespéré, car les choses ne lui étaient pas aussi faciles qu'elles le sont pour un bouc.

Nous riions au point de ne plus pouvoir tenir sur nos jambes ; tant et si bien que nous finîmes par nous écrouler par terre, épuisés. Tellement épuisés qu'en nos malléables cervelles s'insinua la mélancolie. Ce Noir était à nos yeux une sorte de magnifique animal domestique, une bête géniale. Mais comment pourrais-je donner une idée de l'adoration que nous avions pour lui ? des éclats de soleil sur nos peaux lourdes et ruisselantes en ce lointain après-midi d'un été resplendissant ? des ombres épaisses sur les dalles de pierre ? de l'odeur de nos corps et de celui du Noir ? des voix rauques de joie ? Comment dire la plénitude, et le rythme, de tout cela ?

Nous avions le sentiment que l'été qui dénudait ainsi cette musculature puissante, à l'éclat éblouissant — l'été qui, tel un puits de pétrole nous barbouillant de lourd naphte noir, faisait gicler la joie à profusion dans un jaillissement soudain —, que cet été-là durerait éternellement, qu'il ne finirait jamais.

Dans la soirée qui suivit notre baignade à l'antique, une averse diluvienne emprisonna la vallée dans un nuage de brume, et ne cessa pas de tomber jusque fort tard dans la nuit. Le lendemain matin, avec mon frère et Bec-de-Lièvre, je portai à manger au soldat noir, en longeant le mur de la resserre pour éviter la pluie qui continuait à tomber. Son déjeuner pris, le Noir, les bras autour de ses genoux, chanta doucement une chanson, au fond de la cave obscure. Tout en recevant sur nos doigts allongés les éclaboussures de pluie qui nous arrivaient par le soupirail, nous étions emportés par la houle de cette voix grave, solennelle, se propageant de proche en proche. Quand le chant cessa, il ne pleuvait plus par le soupirail : nous prîmes par le bras le Noir qui souriait toujours, et nous l'entraînâmes jusque sur la place. En un clin d'œil le brouillard disparut, dégageant le ciel au-dessus de la vallée ; les feuillages gorgés d'eau, alourdis, avaient pris du volume, comme de jeunes poulets. À chaque coup de vent, les arbres, secoués de menus tressaillements, éparpillaient feuilles mouillées et gouttes de pluie ; cela produisait de minuscules et fugitifs arcs-en-ciel parmi lesquels s'élançaient des cigales. Dans la chaleur renaissante et l'ouragan sonore des cigales, nous nous assîmes sur le seuil de pierre, à l'entrée de la cave, et là, longtemps, nous remplîmes nos poumons d'un air qui sentait l'écorce mouillée.

Dans l'après-midi, Gratte-Papier, serrant contre lui son attirail antipluie, apparut sur le chemin, au sortir du bois et, une fois arrivé, entra chez le chef du village. Nous étions toujours assis à la même place. Nous nous relevâmes et, appuyés au tronc d'un vieil abricotier encore ruisselant, nous attendîmes, pour donner l'alerte en agitant les bras, que Gratte-Papier fût recraché par l'ombre du vestibule de la maison. Mais il ne reparut point. Au lieu de cela se mit à retentir la cloche d'alarme disposée sur le toit de la remise du chef du village : on convoquait d'urgence les hommes partis travailler dans la vallée ou dans les bois. Des maisons encore toutes trempées de pluie, femmes et enfants sortirent dans la rue. Comme je me retournais vers le soldat noir, je vis que toute trace de sourire avait disparu de sa face aux reflets bruns. D'un seul coup l'inquiétude qui s'était fait jour en moi me broya le cœur. Avec mon frère et Bec-de-Lièvre, je courus, laissant là le Noir, jusqu'au seuil du chef du village.

Gratte-Papier se tenait debout, immobile et silencieux, sur le sol de terre battue de l'entrée. Le chef du village ne prêta même pas attention à nous : assis en tailleur sur le plancher du vestibule, face à Gratte-Papier, il était plongé dans ses réflexions. En attendant le rassemblement de tous les hommes du village, nous faisions de notre mieux pour supporter avec patience une faction dont nous pressentions l'inutilité. Peu à peu, des champs de la vallée, des bois arrivèrent les hommes, en tenue de travail, et faisant une moue de mécontentement ; mon père aussi fut de retour ; il franchit le seuil, portant accrochée au canon de son fusil une grappe de petits oiseaux sauvages.

Dès le commencement de la réunion, Gratte-Papier assomma littéralement les enfants en expliquant, dans le dialecte de la région, que le soldat noir devait être transféré à la préfecture. Il ajouta que, contrairement aux intentions primitives, selon lesquelles l'armée devait venir prendre elle-même livraison du prisonnier, et par suite vraisemblablement d'un malentendu et de la pagaille qui régnait chez les militaires, c'était le village qui devait le descendre sous escorte jusqu'à « la ville » : tels étaient les ordres. Pour les grandes personnes, cela n'entraînait pas d'autre désagrément que la corvée d'escorter le Noir jusqu'en bas ; mais pour nous, quel coup ! quel désespoir ! Le soldat noir parti, que nous resterait-il, au village ? L'été, vidé de sa substance, ne serait plus qu'une coquille vide.

Il me fallait aller avertir le Noir. Me faufilant entre les grandes personnes, je retournai au galop sur la place, devant la resserre, à l'endroit où il était resté assis. Il leva lentement vers moi ses gros yeux globuleux et ternes tandis que, debout devant lui, je reprenais haleine. J'étais incapable de lui transmettre quoi que ce fût. Sous l'empire du chagrin et de la colère, je ne pouvais rien faire d'autre que le regarder. Les bras toujours autour de ses genoux, il s'efforçait de lire quelque chose au fond de mes yeux. Ses grosses lèvres gonflées comme le ventre gravide d'un poisson d'eau douce étaient mollement entrouvertes ; de la salive blanche et brillante apparaissait entre ses gencives. Me retournant, je vis les hommes, conduits par Gratte-Papier, quitter la demeure du chef du village, prendre la direction de la resserre et se rapprocher de nous.

Je secouai par l'épaule le Noir toujours assis et lui criai quelque chose dans notre parler local. J'étais si énervé que j'avais l'impression d'être au bord de la défaillance. Que pouvais-je faire ? Le Noir se laissait secouer par moi sans mot dire, se contentant de faire pivoter de droite et de gauche son cou épais. Je baissai la tête et lâchai son épaule.

Brusquement il se redressa, me dominant de toute sa taille comme un arbre, me saisit par le bras, me plaqua contre son corps et, m'entraînant avec lui, s'engouffra dans l'escalier de la cave. Là, je fus un moment à me remettre de mon saisissement, fasciné que j'étais par la contraction des muscles fessiers, par le durcissement des cuisses en mouvement du Noir se déplaçant de-ci de-là avec une vivacité extraordinaire. Il fit retomber le couvercle de la trappe et, avec le piège à sangliers réparé par lui et resté accroché là, il attacha au butoir qui saillait du mur l'anneau pendant vers l'intérieur et diamétralement opposé à la pièce de fer qui, vers l'extérieur, supportait le verrou de fermeture. Puis il redescendit les marches, les doigts des deux mains étroitement enlacés, et baissant la tête. Alors, devant ces yeux sans expression, que la chassie et le sang paraissaient obturer de boue, d'un seul coup je pris conscience qu'il s'était changé en quelque chose de vénéneux et de redoutable, en bête sauvage fermée à toute intelligence, comme quand les hommes l'avaient capturé et ramené. Je levai les yeux vers le géant noir, aperçus le piège qui verrouillait la trappe, laissai mon regard redescendre vers mes minuscules pieds nus. L'effroi, la consternation déferlèrent jusqu'au fond de mes entrailles comme un raz de marée. D'un bond je m'écartai et me collai le dos à la muraille. Le Noir, la tête toujours baissée, se tenait debout au milieu de la cave. Je me mordais les lèvres en m'efforçant de réprimer le tremblement qui agitait mes jambes.

Au-dessus de la trappe, il y avait maintenant les hommes du village. Doucement d'abord, puis brusquement dans un vacarme évoquant les cris des volailles pourchassées, ils se mirent à secouer le piège à sangliers et sa chaîne passée dans l'anneau. Mais l'épaisse porte de chêne qui avait si bien servi à boucler le prisonnier et à mettre les gens hors d'inquiétude jouait maintenant en faveur du soldat noir : villageois, enfants, arbres, vallée même — tout se trouvait relégué au-dehors.

Par l'ouverture du soupirail des gens affolés venaient jeter des regards furtifs, aussitôt remplacés par d'autres dans un dur entrechoquement des têtes. Je perçus, dans le comportement de ceux qui se trouvaient là-haut, un prompt et soudain changement. Au début, c'étaient des cris ; puis ce fut le silence et un canon de fusil menaçant fut introduit par le soupirail. Avec une agilité de félin, le Noir bondit vers moi et me serra brutalement contre lui pour se protéger des coups de feu. C'est alors que, me tordant de douleur et gémissant entre ses bras, je découvris toute l'affreuse vérité : j'étais son prisonnier ; j'étais un otage. Il était redevenu « l'ennemi », et c'étaient ceux de mon bord qui faisaient là-haut ce tapage. Colère, humiliation, douleur irritante d'avoir été trahi m'envahirent comme une flamme qui se propage, me laissant au corps des traces de brûlure. Mais, plus que tout, la peur qui montait en moi en épaisses volutes me bloquait la gorge et me portait à sangloter. Entre les bras brutaux du soldat noir, je pleurai, fou de colère, à chaudes larmes. Il avait fait de moi son prisonnier !…

Le canon de fusil s'abaissa tandis que le vacarme allait s'amplifiant et que, de l'autre côté du soupirail, une discussion commençait. Sans desserrer son étreinte, si brutale que j'en avais les bras engourdis, le Noir gagna soudain un angle de la cave où l'on ne risquait pas d'être atteint par une décharge d'arme à feu et s'assit en silence. Il m'attira près de lui et, comme au temps où nous étions liés d'amitié, je m'agenouillai, la peau à même le sol, dans la zone remplie de la forte odeur de son corps. La discussion des gens du village se prolongea un bon moment. De temps à autre mon père jetait un coup d'œil par le soupirail, adressait à son fils pris en otage un petit signe de tête; à chaque fois je me mettais à pleurer. Dans la cave d'abord, puis sur la place par-delà le soupirail, le soir tomba, recouvrant tout de sa haute marée. Lorsqu'il fit nuit, les grandes personnes, par petits groupes, rentrèrent chez elles après m'avoir lancé quelques paroles d'encouragement. Longtemps encore après leur départ, j'entendis les pas de mon père qui passait et repassait devant le soupirail; puis brusquement il n'y eut plus aucun indice de présence humaine là-haut. Souverainement, la nuit régna dans la cave.

Le Noir lâcha mon bras et, comme s'il eût eu un poids sur le cœur au souvenir de la chaude camaraderie qui avait été chaque jour la nôtre jusqu'à ce matin-là, il se mit à considérer mon visage. Tremblant de fureur, je regardai ailleurs et, jusqu'au moment où il me tourna le dos pour coincer sa tête entre ses genoux, je fis obstinément le gros dos sans cesser de regarder à terre. J'étais tout seul, aussi abandonné qu'une belette prise au piège, et d'être ainsi réduit à moi-même me précipitait dans un abîme de désespoir. Dans l'obscurité, le Noir ne faisait pas un mouvement.

Je me mis sur mes jambes, gagnai l'escalier,

tâtai le piège à sangliers ; il était froid ; il était dur, se refusant à mes doigts, coupant court au vague espoir en train de germer. Je ne savais plus que faire. Je ne pouvais me résoudre à croire au piège où j'étais tombé et qui s'était refermé sur moi ; j'étais un jeune lapin de garenne qui ne peut détacher ses yeux des mâchoires de fer où sa patte blessée est prise, et que ses forces abandonnent, jusqu'à l'issue fatale. Que j'aie pu ainsi me fier à ce soldat noir comme à un ami était une sottise à nulle autre pareille ; et cette pensée-là me mettait au supplice. Pourtant, comment aurais-je pu nourrir des soupçons à l'encontre de ce géant noir et malodorant qui ne savait que perpétuellement sourire ? Encore maintenant j'avais du mal à me persuader que l'homme que j'entendais de temps à autre claquer des dents dans l'obscurité était bien le nègre abruti au sexe colossal.

Je grelottais de froid et claquais des dents. Je commençai à avoir des douleurs dans le ventre. Je me blottis par terre, en me tenant le bas-ventre ; et puis soudain je me trouvai comme acculé à une panique atroce : je sentais venir la diarrhée ; la tension imposée à l'ensemble de mon système nerveux avait précipité les choses. Mais me soulager en présence du Noir était impossible à envisager. Crispant les mâchoires, je tins bon, tandis que la souffrance me couvrait le front de sueur. Toutefois les rudes efforts que je m'imposai pendant un fort long temps supplantèrent en moi la peur, occupant tout l'espace où elle avait régné.

Malgré tout il me fallut bien, en fin de compte, me résigner. Je m'approchai du tonneau au-dessus duquel nous avions vu le Noir s'installer — déchaînant ainsi notre fou rire — à califourchon, et je baissai ma culotte. Je sentais l'extraordinaire faiblesse, la vulnérabilité de mes blanches fesses ainsi mises à nu ; j'avais même l'impression que mon humiliation, descendue de ma gorge par l'œsophage jusqu'à la muqueuse intérieure de mon estomac, barbouillait tout d'un enduit noir… L'opération terminée, je regagnai notre coin de cave. Écrasé, vaincu, je me soumis ; j'étais cette fois au fond du puits. Mon front sale appuyé contre le mur auquel se communiquait, depuis le dehors, la chaleur du sol, je pleurai longtemps en étouffant mes sanglots. La nuit était longue. Dans la forêt, des meutes de chiens sauvages aboyaient. L'air s'était beaucoup rafraîchi. La fatigue s'empara lourdement de moi ; je me laissai aller et m'endormis.

Quand je me réveillai, mon bras, à nouveau comprimé par la forte poigne du soldat noir, était à demi paralysé. Par le soupirail déferlaient jusqu'à nous un brouillard revêche et des voix d'adultes. On percevait aussi le grincement de la jambe artificielle de Gratte-Papier en train de faire les cent pas. À tous ces bruits ne tarda guère à se mêler celui des coups de merlin s'abattant sur le couvercle de la trappe. Ce martèlement puissant et lourd se répercutait jusqu'au fond de mon estomac affamé et de vives douleurs me traversaient la poitrine.

Soudain le Noir se mit à crier comme un sourd, me saisit par les épaules pour me mettre debout, me traîna jusqu'au milieu de la cave en sorte que je fusse bien en vue des gens en observation à l'extérieur du soupirail. Je ne comprenais rien du tout aux raisons qui le poussaient à agir ainsi. D'innombrables paires d'yeux contemplaient, du haut de l'ouverture, mon humiliation ; j'avais l'oreille basse, comme un lapin. Si les prunelles noires et embuées de mon frère avaient été du nombre, je crois bien que, d'un coup de dents, je me serais sectionné la langue. Mais il n'y avait dans l'ouverture du soupirail que des yeux d'adultes qui, en nombre infini, me fixaient.

Le vacarme des coups de merlin s'amplifiant, le Noir, par-derrière, me saisit à la gorge avec son énorme main. Ses ongles entraient profondément dans la peau délicate de mon

cou et me faisaient mal; la pression exercée
sur ma pomme d'Adam me coupait la respiration. Je me débattis des pieds, des mains et
rejetai ma tête en arrière en gémissant. Être
ainsi humilié devant tout le monde m'était
souffrance intolérable; aussi me tortillais-je
comme un ver pour me dégager de l'étreinte
de l'homme littéralement collé contre mon
dos; je lui donnais des coups de talon dans les
tibias; mais ses bras puissants et couverts de
poils avaient la dureté et le poids de la pierre;
et ses cris couvraient mes gémissements. Les
visages disparurent du soupirail; sans doute
— c'est du moins ce que je me dis — s'était-
on laissé là-haut intimider par le « forcing »
du Noir cherchant à faire arrêter la démolition
du couvercle de la trappe. Lui cessa de crier et
le bloc de pierre qui m'écrasait la gorge se fit
plus léger. Je retrouvai pour les grandes personnes toute mon affection et sentis de nouveau combien j'étais près d'elles.

Le bruit des coups sur la trappe n'en devenait pas moins de plus en plus violent. Au
soupirail les visages reparurent; le Noir
recommença à pousser des cris et à me serrer
la gorge. Je n'y pouvais rien; mais la tête renversée en arrière, je laissais échapper de mes
lèvres convulsées et entrouvertes une espèce
de plainte de petit animal, un imperceptible

glapissement aigu. Même les grandes personnes m'avaient abandonné à mon sort : indifférentes au spectacle du nègre en train de m'étrangler, elles continuaient à mettre en pièces le couvercle de la trappe ; et quand elles y seraient parvenues, elles me trouveraient le col rompu comme on fait aux belettes, et les membres déjà raides. Brûlant de haine, au fond du désespoir, la tête toujours renversée en arrière, je gémissais maintenant sans aucune retenue et tordu de douleur, les yeux pleins de larmes, j'écoutais le bruit sourd des coups de merlin.

Mes oreilles étaient remplies du tintamarre de voitures sans nombre en train de rouler ; j'eus un saignement de nez qui m'inonda les joues. À ce moment, le couvercle de la trappe vola en morceaux ; des pieds nus et boueux, couverts de poils drus jusqu'aux orteils, glissèrent jusqu'en bas et la cave se trouva pleine de villageois au faciès affreux enflammé d'une fureur folle. Toujours hurlant le Noir m'étreignit de plus belle et se coula jusqu'au pied du mur où il s'accroupit. Mes fesses et mon dos collés à son corps gluant de transpiration, je sentis passer entre nous comme un courant de rage incandescente ; et, comme un chat surpris au milieu de l'accouplement, je laissai malgré ma honte éclater ma rancune : rancune à l'égard des grandes personnes agglutinées au bas des marches, témoins attentifs et placides de mon humiliation; rancune à l'égard du Noir dont l'énorme patte me serrait la gorge, dont les ongles entamaient sans effort la peau de mon cou et la faisaient saigner; rancune à l'égard de tout et qui montait, pêle-mêle, en moi. Le Noir rugissait. Mes tympans assourdis ne réagissaient plus; je sombrais dans une torpeur qui, au fond de cette cave, au plus fort de l'été, atteignait à la plénitude de celle que donne le bonheur. Le souffle impétueux du Noir m'enveloppait la nuque.

Mon père se détacha du groupe et s'avança, une serpe à la main. Je perçus nettement la flamme de colère qui brillait dans ses yeux, ardents comme ceux d'un molosse. Les ongles du Noir s'enfoncèrent plus profondément dans ma chair; je poussai un gémissement. Mon père fonça sur nous; je vis la serpe brandie au-dessus de ma tête; je fermai les yeux. Le Noir saisit mon poignet gauche et le porta à sa tête pour la protéger. Dans la cave, ce ne fut qu'un cri et j'entendis le bruit du coup qui me fracassait la main gauche en même temps que le crâne du soldat noir. Sur la peau aux reflets huileux de son bras passé sous mon menton se formèrent de lourdes gouttes de sang épais qui finirent par se rompre. Les hommes se ruèrent sur nous; je sentis en même temps l'étreinte du Noir se desserrer et la douleur m'incendier le corps.

J'étais à l'intérieur d'un sac poisseux. Mes paupières étaient brûlantes, ma gorge en feu, ma main comme calcinée. Tout cela pourtant se recollait peu à peu et je recommençais à prendre forme. Néanmoins je n'arrivais pas à déchirer l'enveloppe visqueuse et à m'échapper hors du sac. Comme un agneau né avant terme, j'étais empaqueté dans une poche poisseuse dont mes doigts ne pouvaient se dégager. Impossible également de bouger mon corps. Il faisait nuit; des grandes personnes bavardaient autour de moi. Puis c'était le matin, et à travers mes paupières j'apercevais de la lumière. De temps à autre, une paume pesante pressait mon front; je me mettais à geindre et cherchais à la repousser; mais ma tête restait immobile.

La première fois que je rouvris les yeux pour de bon, c'était encore le matin. Je me trouvais sur ma couchette habituelle, dans la resserre. Devant le volet de bois, Bec-de-Lièvre et mon frère m'observaient. Mes paupières s'ouvrirent toutes grandes et je remuai les lèvres. Bec-de-Lièvre et mon frère dévalèrent l'escalier en criant. Mon père et la dame du bazar-mercerie montèrent. Mon estomac commençait à réclamer ; mais quand la main de mon père voulut ajuster à mes lèvres un pichet contenant du lait de chèvre, je fus secoué de haut-le-cœur, criai, refusai de desserrer les dents, et des gouttes de lait roulèrent sur ma gorge et sur ma poitrine. Toutes les grandes personnes, mon père y compris, m'étaient insupportables — ces grandes personnes qui, toutes dents dehors, m'avaient assailli en brandissant leur serpe ! C'était monstrueux ; cela se dérobait à ma compréhension ; c'est cela qui me donnait la nausée. Je ne cessai mes cris que quand mon père et les autres eurent quitté la pièce.

Un peu plus tard, le bras délicat de mon frère se posa doucement sur moi. Sans rien dire, les yeux clos, j'écoutai ce qu'il me disait à voix basse : comment lui et ses camarades avaient aidé à rassembler le bois nécessaire pour brûler le cadavre du soldat noir ; comment Gratte-Papier était revenu avec l'ordre d'arrêter là le processus d'incinération : comment les gens du village, pour ralentir le travail de décomposition du cadavre avaient porté celui-ci dans une mine désaffectée de la vallée ; comment ils étaient en train de confectionner une palissade pour écarter les chiens sauvages.

Mon frère me dit et me redit avec, dans la voix, une déférence angoissée qu'il m'avait bien cru mort ; car deux jours durant je n'avais pas cessé de dormir, n'avais rien absorbé : c'est cela qui l'avait induit à penser que j'étais mort. Avec, sur moi, le poids léger de sa main, je m'enfonçai dans les abîmes d'un sommeil qui me sollicitait avec une force égale à celle de la mort.

Je me réveillai dans l'après-midi et m'aperçus pour la première fois que ma main endommagée était emmaillotée dans un linge. Je demeurai longtemps les yeux grands ouverts, sans faire le moindre mouvement, à considérer sur ma poitrine cette chose volumineuse que j'avais du mal à prendre pour mon avant-bras. Il n'y avait personne dans la pièce. Par la fenêtre pénétrait sournoisement une odeur infecte. Je devinai sans peine d'où provenait cette puanteur ; mais nulle tristesse ne monta des profondeurs de mon être.

La pièce s'assombrit ; il se mit à faire frais. Je m'assis sur le châlit où nous dormions. Après avoir longtemps hésité, je nouai ensemble les deux extrémités de la bande enroulée autour de ma main blessée et, le bras en écharpe suspendu à mon cou, je m'approchai de la fenêtre ouverte d'où je contemplai, en bas, le « village ». Au-dessus de la route empierrée, au-dessus des bâtisses, au-dessus du val qui servait de support à tout cela, l'odeur sauvagement libérée par la pesante carcasse du soldat noir, — les clameurs inaudibles poussées par le cadavre et qui, comme dans un cauchemar, tournoyaient autour de nos personnes, se propageant à l'infini dans une sorte de bousculade au-dessus de nos têtes, voilà ce dont le monde était rempli jusqu'au bord. C'était le crépuscule. Un ciel couleur de cendre, d'un gris à vous tirer des larmes, avec de l'orangé pris dedans, obturait la vallée qui en paraissait plus étroite et plus creuse.

De temps en temps des gens y descendaient d'un bon pas, en silence, avec une assurance qui leur bombait le torse. Ils me donnaient mal au cœur ; ils me faisaient peur ; je me retirai de la fenêtre. C'était comme si, pendant le temps que j'étais resté alité, tous s'étaient complètement métamorphosés en êtres monstrueux n'ayant plus rien d'humain. Et mon corps me semblait aussi pesant que s'il eût été bourré de sable mouillé ; il avait perdu tout ressort.

Je grelottais. Mordillant mes lèvres parcheminées qui faisaient un léger bruit d'élytres, je regardai intensément chacune des pierres de la route ; d'abord voilées d'une patine légèrement dorée qui insensiblement prit du corps, elles glissèrent à un ton pourpre oppressant, simple frange au départ qui gagna toute la surface; enfin elles s'engloutirent dans une faible lumière violette sans transparence. De temps à autre mes lèvres crevassées se mouillaient de larmes salines qui provoquaient une douloureuse sensation de brûlure.

De derrière la resserre montaient, vrillant la puanteur du cadavre, les cris perçants des enfants du village. Avec d'infinies précautions, d'un pas tremblant, comme au sortir d'une longue maladie, je m'engageai dans l'escalier obscur, gagnai la grand-rue complètement déserte et me rapprochai de l'endroit d'où partaient les cris.

La bande hurlante des enfants se trouvait sur la pente envahie de végétation qui descendait vers le torrent, au fond du ravin. Ils avaient avec eux leurs chiens, qui aboyaient en gambadant de-ci de-là comme des fous. Tout en bas, au bord de la rivière, parmi les arbrisseaux touffus, les adultes étaient toujours en train de confectionner une barrière capable de tenir le coup contre les assauts des chiens sauvages, et de les écarter de la mine désaffectée où le cadavre du Noir avait été mis à l'abri. De là montait jusqu'à moi le bruit sourd des piquets que l'on enfonçait. Tandis que les hommes se taisaient en poursuivant leur ouvrage, les enfants couraient en tous sens comme des déments en poussant des cris joyeux.

Appuyé contre le tronc d'un antique paulownia, j'observais les ébats de mes camarades. Avec l'aileron de queue de l'avion abattu, ils avaient fabriqué un traîneau et se laissaient glisser sur l'herbe de la pente. À cheval sur l'arête effilée de leur engin merveilleusement léger, ils dévalaient comme de jeunes animaux. Quand le traîneau risquait d'entrer en collision avec une des roches noires qui, ici et là, émergeaient du sol, d'un coup dans l'herbe de son pied nu le conducteur modifiait la direction de l'engin. Chaque fois qu'un des enfants le tirait depuis le bas pour le ramener en haut à son point de départ, l'herbe, couchée lors de la descente, se redressait peu à peu, de sorte que la trace laissée par l'intrépide garçonnet devenait difficilement discernable ; si légers étaient et les enfants et le traîneau ! Eux criaient en dévalant la pente, poursuivis par les chiens qui jappaient, et puis, une fois de plus, on remontait en traînant l'engin. Une irrépressible pétulance, un besoin bouillonnant de s'agiter explosaient de partout, émanant de chacun, comme la poudre incandescente qui précède l'entrée en scène du magicien.

Bec-de-Lièvre se détacha du gros des enfants

et, un brin d'herbe entre les dents, escalada le talus en courant pour venir me rejoindre. Il s'appuya contre le tronc d'une yeuse qui ressemblait à une patte de biche et se mit à scruter mon visage. Détournant de lui mon regard, je fis semblant d'être passionné par le jeu du traîneau. Bec-de-Lièvre, prodigieusement intéressé, posait un regard insistant sur mon bras en écharpe ; il renifla :

« Ça sent fort ! dit-il. Ta main en marmelade sent drôlement mauvais ! »

Je me tournai vers lui ; son œil brillait de l'envie de jouer à se bagarrer avec moi ; jambes écartées, il attendait l'attaque. Mais, dédaignant même de me mettre en position de combat, j'étais bien éloigné de vouloir lui sauter à la gorge. Je dis seulement d'une voix rauque à peine perceptible :

« Ce n'est pas moi qui sens mauvais ; c'est le nègre. »

Bec-de-Lièvre n'en revenait pas de ma passivité et m'observait. Les lèvres serrées, je détournai de lui mon regard ; mes yeux se portèrent sur l'herbe courte, fine, foisonnante où disparaissaient ses chevilles nues. Il haussa les épaules avec un mépris non dissimulé, cracha énergiquement, puis criant comme un sourd courut à toutes jambes retrouver ses camarades de jeu.

Je ne faisais plus partie de la communauté des enfants : telle était la pensée, surgie comme une révélation, qui m'occupait maintenant tout entier. Les batailles sanglantes avec Bec-de-Lièvre, la chasse aux oisillons par les nuits de lune, les glissades en traîneau, les petits des chiens sauvages, tout cela était bon pour des enfants. Mais ce genre de relations avec le monde n'avait désormais plus rien à faire avec moi.

Épuisé et grelottant de froid, je m'assis sur la terre encore tiède de la chaleur de la journée. À mesure que mon corps se rapprochait du sol, l'herbe luxuriante et pleine de sève de l'été me dissimulait le travail silencieux des hommes au fond de la gorge que je finis par ne plus voir. En revanche je vis brusquement surgir et se dresser devant moi les silhouettes sombres, qu'on eût pu prendre pour celles de divinités pastorales, des enfants en train de s'amuser avec le traîneau. Et entre les ombres de ces jeunes dieux champêtres suivis de leurs chiens, courant de tous côtés comme des sinistrés chassés par une inondation, l'air du soir prenait une teinte de plus en plus riche, gagnait en rigueur et en limpidité.

« Ho ! Crapaud ! Te voilà à nouveau d'attaque ? »

Par-derrière, une main chaude et sèche me

pressa le front. Pourtant je ne me retournai pas, ni n'essayai de me mettre debout. Sans détourner la tête de la pente où jouaient les enfants, il me suffit d'un simple coup d'œil pour détecter la noire présence à côté de mon mollet nu de la jambe artificielle de Gratte-Papier, solidement planté là. Même lui, même sa seule présence près de moi me desséchait la gorge.

« Alors, Crapaud, on ne veut pas faire un tour de traîneau ? dit-il. Je me disais que c'est à ça que tu devais songer, non ? »

Je restai muré dans un silence têtu. Gratte-Papier s'assit par terre dans un bruit de fer-raille, tira de sa veste la pipe que lui avait offerte le soldat noir et la bourra. Une odeur violente, irritante pour la délicatesse de mes muqueuses nasales et bien propre à attiser des dispositions animales, une senteur de feu de broussailles s'en dégagea, nous enveloppant, Gratte-Papier et moi, d'un épais nuage de vapeur légèrement bleutée.

« Quand une guerre en arrive là, ça ne va vraiment plus, dit Gratte-Papier. Quand on en est à écraser les doigts des enfants... »

Je ne dis mot, allant chercher très loin ma respiration. La guerre, cette interminable et sanglante bataille aux dimensions gigan-tesques, allait sûrement se prolonger encore.

Cette espèce de raz de marée qui, dans des pays lointains, emportait les troupeaux de moutons et ravageait les gazons fraîchement tondus, cette guerre-là, qui eût jamais pensé qu'elle dût parvenir jusqu'à notre village ? Pourtant elle y était venue, pour réduire en bouillie ma main et mes doigts, saoulant mon père du sang des combats et lui faisant brandir sa serpe. D'un seul coup, notre village se trouvait enveloppé dans la guerre ; et moi, au milieu de ce tumulte, je n'arrivais plus à respirer.

« Mais ça ne devrait plus durer très long-temps », affirma gravement Gratte-Papier comme s'il s'entretenait avec un adulte. La désorganisation est telle qu'on ne peut même plus communiquer avec l'armée cantonnée au chef-lieu. Rien ne passe. Personne ne sait comment faire. »

Le bruit des coups de maillet continuait de retentir dans le creux du torrent. Comme les basses branches gigantesques d'un arbre invisible qui, dans leur exubérance, auraient coiffé la vallée tout entière, l'odeur du cadavre régnait tenacement partout.

« Ils travaillent encore dur ! dit Gratte-Papier tendant l'oreille pour mieux capter le bruit des coups de maillet. Ton père et les autres, comme ils ne savent pas quoi faire, font sûrement durer le plaisir, avec leurs piquets ! »

Dans les moments de silence nous parvenait, se faufilant entre les rires et les cris des enfants, le bruit sourd des coups de maillet. Bientôt Gratte-Papier entreprit de ses doigts experts de détacher sa jambe artificielle. Je le regardai faire.

« Hé ! cria-t-il aux enfants. Amenez-moi le traîneau ! »

Dans un joyeux tapage les enfants tirèrent le traîneau jusqu'à nous. Gratte-Papier, sautillant sur son unique jambe, fendit le cercle des enfants groupés autour de l'engin. Je me précipitai derrière lui, sur la descente herbue, en portant serrée contre moi sa jambe artificielle. Elle pesait horriblement lourd ; la porter d'une seule main était non seulement d'une grande difficulté, mais aussi exaspérant.

L'herbe drue commençait à se charger de rosée et mouillait mes mollets nus ; des brins desséchés venaient s'y coller et me chatouillaient. Au bas du talus j'attendis son arrivée, sa jambe artificielle toujours pressée contre moi. Déjà la nuit tombait. Seule la voix des enfants restés au haut de la pente faisait vibrer le fin tissu de l'air dont croissait la consistance et qui était devenu d'un noir opaque.

Il y eut une explosion brutale de cris et de

rires ; puis, le chuintement léger d'un glissement sur l'herbe. Mais nul traîneau ouvrant
devant soi la moiteur de l'air ne dévala vers
moi. Il me sembla percevoir le bruit assourdi
d'un choc. Sans changer de position, je fouillai
du regard l'air enténébré. Après quelques
secondes de silence, je vis dégringoler vers moi,
et quasiment en vrille, l'aileron de queue de
l'avion sans personne dessus. Jetant la jambe
de bois dans l'herbe, j'escaladai en courant le
talus pénétré d'humidité.

Près d'une roche nue dont le dos noirâtre et
luisant de rosée affleurait à vif au milieu de
l'herbe, Gratte-Papier gisait à la renverse, les
deux mains flasques et grandes ouvertes, un
sourire sur les lèvres. Je me penchai vers lui. Il
souriait, mais de ses narines, de ses oreilles
s'écoulait un sang épais. Le tapage des
enfants accourant à toutes jambes s'amplifia,
luttant contre le vent qui soufflait du fond de
la vallée.

Fuyant leur encerclement juvénile, j'aban-
donnai à sa solitude le cadavre de Gratte-
Papier et me redressai. En un instant la mort
brutale, ce qui se lit sur le visage d'un mort,
tantôt la mélancolie, tantôt l'ébauche d'un sourire, m'étaient devenus aussi familiers qu'ils
l'étaient aux adultes du village. Gratte-Papier
serait sûrement incinéré avec le bois recueilli

pour brûler le soldat noir. Je levai vers le ciel sombre où subsistait encore une mince traînée claire mes yeux où perlaient des larmes et je redescendis le talus herbeux à la recherche de mon frère.

DÉCOUVREZ LES FOLIO À 2 €

GUILLAUME APOLLINAIRE *Les Exploits d'un jeune don Juan*

Un roman d'initiation amoureuse et sexuelle, à la fois drôle et provocant, par l'un des plus grands poètes du xxᵉ siècle...

ARAGON *Le collaborateur et autres nouvelles*

Mêlant rage et allégresse, gravité et anecdotes légères, Aragon riposte à l'Occupation et participe au combat avec sa plume. Trahison et courage, deux thèmes toujours d'actualité...

TONINO BENACQUISTA *La boîte noire et autres nouvelles*

Autant de personnages bien ordinaires, confrontés à des situations extraordinaires, et qui, de petites lâchetés en mensonges minables, se retrouvent fatalement dans une position aussi intenable que réjouissante...

KAREN BLIXEN *L'éternelle histoire*

Un vieux bonhomme aigri et très riche se souvient de l'histoire d'un marin qui reçoit cinq guinées en échange d'une nuit d'amour avec une jeune et belle dame. Mais parfois la réalité peut dépasser la fiction...

TRUMAN CAPOTE *Cercueils sur mesure*

Dans la lignée de son chef-d'œuvre *De sang-froid*, l'enfant terrible de la littérature américaine fait preuve dans ce court roman d'une parfaite maîtrise du récit, d'un art d'écrire incomparable.

COLLECTIF *«Ma chère Maman...»*

Ces lettres témoignent de ces histoires passionnées de quelques-uns des plus grands écrivains avec la femme qui leur a donné la vie.

JOSEPH CONRAD *Jeunesse*

Un grand livre de mer et d'aventures.

JULIO CORTÁZAR   *L'homme à l'affût*

Un texte bouleversant en hommage à l'un des plus grands musiciens de jazz, Charlie Parker.

DIDIER DAENINCKX   *Leurre de vérité* et autres nouvelles

Daeninckx zappe de chaîne en chaîne avec férocité et humour pour décrire les usages et les abus d'une télévision qui n'est que le reflet de notre société…

ROALD DAHL   *L'invité*

Un texte plein de fantaisie et d'humour noir par un maître de l'insolite.

MICHEL DÉON   *Une affiche bleue et blanche* et autres nouvelles

Avec pudeur, tendresse et nostalgie, Michel Déon observe et raconte les hommes et les femmes, le désir et la passion qui les lient… ou les séparent.

WILLIAM FAULKNER   *Une rose pour Emily* et autres nouvelles

Un voyage hallucinant au bout de la folie et des passions les plus dangereuses par l'auteur du *Bruit et la fureur*.

F. S. FITZGERALD   *La Sorcière rousse*, précédé de *La coupe de cristal taillé*

Deux nouvelles tendres et désenchantées dans l'Amérique des Années folles.

ROMAIN GARY   *Une page d'histoire* et autres nouvelles

Quelques nouvelles poétiques, souvent cruelles et désabusées, d'un grand magicien du rêve.

JEAN GIONO   *Arcadie… Arcadie…*, précédé de *La pierre*

Avec lyrisme et poésie, Giono offre une longue promenade à la rencontre de son pays et de ses hommes simples.

HERVÉ GUIBERT   *La chair fraîche* et autres textes

De son écriture précise comme un scalpel, Hervé Guibert nous offre de petits récits savoureux et des portraits hauts en couleur.

HENRY JAMES   *Daisy Miller*

Un admirable portrait d'une femme libre dans une société engoncée dans ses préjugés.

FRANZ KAFKA   *Lettre au père*

Réquisitoire jamais remis à son destinataire, tentative obstinée pour comprendre, la *Lettre au père* est au centre de l'œuvre de Kafka.

JACK KEROUAC   *Le vagabond américain en voie de disparition*, précédé de *Grand voyage en Europe*

Deux textes autobiographiques de l'auteur de *Sur la route*, un des témoins mythiques de la *Beat Generation*.

JOSEPH KESSEL   *Makhno et sa juive*

Dans l'univers violent et tragique de la Russie bolchevique, la plume nerveuse et incisive de Kessel fait renaître un amour aussi improbable que merveilleux.

RUDYARD KIPLING   *La marque de la Bête* et autres nouvelles

Trois nouvelles qui mêlent amour, mort, guerre et exotisme par un conteur de grand talent.

LAO SHE   *Histoire de ma vie*

L'auteur de la grande fresque historique *Quatre générations sous un même toit* retrace dans cet émouvant récit le désarroi d'un homme vieillissant face au monde qui change.

LAO-TSEU   *Tao-tö king*

Le texte fondateur du taoïsme.

PIERRE MAGNAN   *L'arbre*

Une histoire pleine de surprises et de sortilèges où un arbre joue le rôle du destin.

IAN McEWAN   *Psychopolis* et autres nouvelles

Il n'y a pas d'âge pour la passion, pour le désir et la frustration, pour le cauchemar ou pour le bonheur.

YUKIO MISHIMA   *Dojoji* et autres nouvelles

Quelques textes étonnants pour découvrir toute la diversité et l'originalité du grand écrivain japonais.

KENZABURÔ ÔÉ   *Gibier d'élevage*

Un extraordinaire récit classique, une parabole qui dénonce la folie et la bêtise humaines.

RUTH RENDELL   *L'Arbousier*

Une fable cruelle mise au service d'un mystère lentement dévoilé jusqu'à la chute vertigineuse…

PHILIP ROTH   *L'habit ne fait pas le moine*, précédé de *Défenseur de la foi*

Deux nouvelles pétillantes d'intelligence et d'humour qui démontent les rapports ambigus de la société américaine et du monde juif.

D. A. F. DE SADE   *Ernestine. Nouvelle suédoise*

Une nouvelle ambiguë où victimes et bourreaux sont liés par la fatalité.

LEONARDO SCIASCIA   *Mort de l'Inquisiteur*

Avec humour et une érudition ironique, Sciascia se livre à une enquête minutieuse à travers les textes et les témoignages de l'époque.

PHILIPPE SOLLERS   *Liberté du XVIIIème*

Pour découvrir le XVIIIème siècle en toute liberté.

MICHEL TOURNIER   *Lieux dits*

Autant de promenades, d'escapades, de voyages ou de récréations auxquels nous invite Michel Tournier avec une gourmandise, une poésie et un talent jamais démentis.

MARIO VARGAS LLOSA   *Les chiots*

Mario Vargas Llosa, écrivain engagé, raconte l'histoire d'un naufrage dans un texte dur et réaliste.

PAUL VERLAINE   *Chansons pour elle et autres poèmes érotiques*

Trois courts recueils de poèmes à l'érotisme tendre et ambigu.

COLLECTION FOLIO

Dernières parutions

3393. Arto Paasilinna — *La cavale du géomètre.*
3394. Jean-Christophe Rufin — *Sauver Ispahan.*
3395. Marie de France — *Lais.*
3396. Chrétien de Troyes — *Yvain ou le Chevalier au Lion.*
3397. Jules Vallès — *L'Enfant.*
3398. Marivaux — *L'Île des Esclaves.*
3399. R.L. Stevenson — *L'Île au trésor.*
3400. Philippe Carles et Jean-Louis Comolli — *Free jazz, Black power.*
3401. Frédéric Beigbeder — *Nouvelles sous ecstasy.*
3402. Mehdi Charef — *La maison d'Alexina.*
3403. Laurence Cossé — *La femme du premier ministre.*
3404. Jeanne Cressanges — *Le luthier de Mirecourt.*
3405. Pierrette Fleutiaux — *L'expédition.*
3406. Gilles Leroy — *Machines à sous.*
3407. Pierre Magnan — *Un grison d'Arcadie.*
3408. Patrick Modiano — *Des inconnues.*
3409. Cees Nooteboom — *Le chant de l'être et du paraître.*
3410. Cees Nooteboom — *Mokusei!*
3411. Jean-Marie Rouart — *Bernis le cardinal des plaisirs.*
3412. Julie Wolkenstein — *Juliette ou la paresseuse.*
3413. Geoffrey Chaucer — *Les Contes de Canterbury.*
3414. Collectif — *La Querelle des Anciens et des Modernes.*
3415. Marie Nimier — *Sirène.*
3416. Corneille — *L'Illusion Comique.*
3417. Laure Adler — *Marguerite Duras.*
3418. Clélie Aster — *O.D.C.*
3419. Jacques Bellefroid — *Le réel est un crime parfait, Monsieur Black.*
3420. Elvire de Brissac — *Au diable.*
3421. Chantal Delsol — *Quatre.*
3422. Tristan Egolf — *Le seigneur des porcheries.*
3423. Witold Gombrowicz — *Théâtre.*

3424. Roger Grenier — *Les larmes d'Ulysse.*
3425. Pierre Hebey — *Une seule femme.*
3426. Gérard Oberlé — *Nil rouge.*
3427. Kenzaburô Ôé — *Le jeu du siècle.*
3428. Orhan Pamuk — *La vie nouvelle.*
3429. Marc Petit — *Architecte des glaces.*
3430. George Steiner — *Errata.*
3431. Michel Tournier — *Célébrations.*
3432. Abélard et Héloïse — *Correspondances.*
3433. Charles Baudelaire — *Correspondance.*
3434. Daniel Pennac — *Aux fruits de la passion.*
3435. Béroul — *Tristan et Yseut.*
3436. Christian Bobin — *Geai.*
3437. Alphone Boudard — *Chère visiteuse.*
3438. Jerome Charyn — *Mort d'un roi du tango.*
3439. Pietro Citati — *La lumière de la nuit.*
3440. Shûsaku Endô — *Une femme nommée Shizu.*
3441. Frédéric. H. Fajardie — *Quadrige.*
3442. Alain Finkielkraut — *L'ingratitude.* Conversation sur notre temps
3443. Régis Jauffret — *Clémence Picot.*
3444. Pascale Kramer — *Onze ans plus tard.*
3445. Camille Laurens — *L'Avenir.*
3446. Alina Reyes — *Moha m'aime.*
3447. Jacques Tournier — *Des persiennes vert perroquet.*
3448. Anonyme — *Pyrame et Thisbé, Narcisse, Philomena.*
3449. Marcel Aymé — *Enjambées.*
3450. Patrick Lapeyre — *Sissy, c'est moi.*
3451. Emmanuel Moses — *Papernik.*
3452. Jacques Sternberg — *Le cœur froid.*
3453. Gérard Corbiau — *Le Roi danse.*
3455. Pierre Assouline — *Cartier-Bresson (L'œil du siècle).*
3456. Marie Darrieussecq — *Le mal de mer.*
3457. Jean-Paul Enthoven — *Les enfants de Saturne.*
3458. Bossuet — *Sermons. Le Carême du Louvre.*
3459. Philippe Labro — *Manuella.*
3460. J.M.G. Le Clézio — *Hasard* suivi de *Angoli Mala.*
3461. Joëlle Miquel — *Mal-aimés.*

3462. Pierre Pelot   *Debout dans le ventre blanc du silence.*

3463. J.-B. Pontalis   *L'enfant des limbes.*

3464. Jean-Noël Schifano   *La danse des ardents.*

3465. Bruno Tessarech   *La machine à écrire.*

3466. Sophie de Vilmorin   *Aimer encore.*

3467. Hésiode   *Théogonie* et autres poèmes.

3468. Jacques Bellefroid   *Les étoiles filantes.*

3469. Tonino Benacquista   *Tout à l'ego.*

3470. Philippe Delerm   *Mister Mouse.*

3471. Gérard Delteil   *Bugs.*

3472. Benoît Duteurtre   *Drôle de temps.*

3473. Philippe Le Guillou   *Les sept noms du peintre.*

3474. Alice Massat   *Le Ministère de l'intérieur.*

3475. Jean d'Ormesson   *Le rapport Gabriel.*

3476. Postel & Duchâtel   *Pandore et l'ouvre-boîte.*

3477. Gilbert Sinoué   *L'enfant de Bruges.*

3478. Driss Chraïbi   *Vu, lu, entendu.*

3479. Hitonari Tsuji   *Le Bouddha blanc.*

3480. Denis Diderot   *Les Deux amis de Bourbonne* (à paraître).

3481. Daniel Boulanger   *Le miroitier.*

3482. Nicolas Bréhal   *Le sens de la nuit.*

3483. Michel del Castillo   *Colette, une certaine France.*

3484. Michèle Desbordes   *La demande.*

3485. Joël Egloff   *« Edmond Ganglion & fils ».*

3486. Françoise Giroud   *Portraits sans retouches (1945-1955).*

3487. Jean-Marie Laclavetine   *Première ligne.*

3488. Patrick O'Brian   *Pablo Ruiz Picasso.*

3489. Ludmila Oulitskaïa   *De joyeuses funérailles.*

3490. Pierre Pelot   *La piste du Dakota.*

3491. Nathalie Rheims   *L'un pour l'autre.*

3492. Jean-Christophe Rufin   *Asmara et les causes perdues.*

3493. Anne Radcliffe   *Les Mystères d'Udolphe.*

3494. Ian McEwan   *Délire d'amour.*

3495. Joseph Mitchell   *Le secret de Joe Gould.*

3496. Robert Bober   *Berg et Beck.*

3497. Michel Braudeau   *Loin des forêts.*

3498. Michel Braudeau   *Le livre de John.*

3499. Philippe Caubère   *Les carnets d'un jeune homme.*

3500. Jerome Charyn — *Frog.*
3501. Catherine Cusset — *Le problème avec Jane.*
3502. Catherine Cusset — *En toute innocence.*
3503. Marguerite Duras — *Yann Andréa Steiner.*
3504. Leslie Kaplan — *Le Psychanalyste.*
3505. Gabriel Matzneff — *Les lèvres menteuses.*
3506. Richard Millet — *La chambre d'ivoire...*
3507. Boualem Sansal — *Le serment des barbares.*
3508. Martin Amis — *Train de nuit.*
3509. Andersen — *Contes choisis.*
3510. Defoe — *Robinson Crusoé.*
3511. Dumas — *Les Trois Mousquetaires.*
3512. Flaubert — *Madame Bovary.*
3513. Hugo — *Quatrevingt-treize.*
3514. Prévost — *Manon Lescaut.*
3515. Shakespeare — *Roméo et Juliette.*
3516. Zola — *La Bête humaine.*
3517. Zola — *Thérèse Raquin.*
3518. Frédéric Beigbeder — *L'amour dure trois ans.*
3519. Jacques Bellefroid — *Fille de joie.*
3520. Emmanuel Carrère — *L'Adversaire.*
3521. Réjean Ducharme — *Gros Mots.*
3522. Timothy Findley — *La fille de l'Homme au Piano.*
3523. Alexandre Jardin — *Autobiographie d'un amour.*
3524. Frances Mayes — *Bella Italia.*
3525. Dominique Rolin — *Journal amoureux.*
3526. Dominique Sampiero — *Le ciel et la terre.*
3527. Alain Veinstein — *Violante.*
3528. Lajos Zilahy — *L'Ange de la Colère (Les Dukay tome II).*
3529. Antoine de Baecque et Serge Toubiana — *François Truffaut.*
3530. Dominique Bona — *Romain Gary.*
3531. Gustave Flaubert — *Les Mémoires d'un fou. Novembre. Pyrénées-Corse. Voyage en Italie.*
3532. Vladimir Nabokov — *Lolita.*
3533. Philip Roth — *Pastorale américaine.*
3534. Pascale Froment — *Roberto Succo.*
3535. Christian Bobin — *Tout le monde est occupé.*
3536. Sébastien Japrisot — *Les mal partis.*

3537. Camille Laurens — *Romance.*
3538. Joseph Marshall III — *L'hiver du fer sacré.*
3540 Bertrand Poirot-Delpech — *Monsieur le Prince*
3541. Daniel Prévost — *Le passé sous silence.*
3542. Pascal Quignard — *Terrasse à Rome.*
3543. Shan Sa — *Les quatre vies du saule.*
3544. Eric Yung — *La tentation de l'ombre.*
3545. Stephen Marlowe — *Octobre solitaire.*
3546. Albert Memmi — *Le Scorpion.*
3547. Tchékhov — *L'Île de Sakhaline.*
3548. Philippe Beaussant — *Stradella.*
3549. Michel Cyprien — *Le chocolat d'Apolline.*
3550. Naguib Mahfouz — *La Belle du Caire.*
3551. Marie Nimier — *Domino.*
3552. Bernard Pivot — *Le métier de lire.*
3553. Antoine Piazza — *Roman fleuve.*
3554. Serge Doubrovsky — *Fils.*
3555. Serge Doubrovsky — *Un amour de soi.*
3556. Annie Ernaux — *L'événement.*
3557. Annie Ernaux — *La vie extérieure.*
3558. Peter Handke — *Par une nuit obscure, je sortis de ma maison tranquille.*
3559. Angela Huth — *Tendres silences.*
3560. Hervé Jaouen — *Merci de fermer la porte.*
3561. Charles Juliet — *Attente en automne.*
3562. Joseph Kessel — *Contes.*
3563. Jean-Claude Pirotte — *Mont Afrique.*
3564. Lao She — *Quatre générations sous un même toit III.*
3565 Dai Sijie — *Balzac et la petite tailleuse chinoise.*
3566 Philippe Sollers — *Passion fixe.*
3567 Balzac — *Ferragus, chef des Dévorants.*
3568 Marc Villard — *Un jour je serai latin lover.*
3569 Marc Villard — *J'aurais voulu être un type bien.*
3570 Alessandro Baricco — *Soie.*
3571 Alessandro Baricco — *City.*
3572 Ray Bradbury — *Train de nuit pour Babylone.*
3573 Jerome Charyn — *L'Homme de Montezuma.*
3574 Philippe Djian — *Vers chez les blancs.*
3575 Timothy Findley — *Le chasseur de têtes.*

3576 René Fregni — *Elle danse dans le noir.*
3577 François Nourissier — *À défaut de génie.*
3578 Boris Schreiber — *L'excavatrice.*
3579 Denis Tillinac — *Les masques de l'éphémère.*
3580 Frank Waters — *L'homme qui a tué le cerf.*
3581 Anonyme — *Sindbâd de la mer* et autres contes.

3582 François Gantheret — *Libido Omnibus.*
3583 Ernest Hemingway — *La vérité à la lumière de l'aube.*
3584 Régis Jauffret — *Fragments de la vie des gens.*
3585 Thierry Jonquet — *La vie de ma mère !*
3586 Molly Keane — *L'amour sans larmes.*
3587 Andreï Makine — *Requiem pour l'Est.*
3588 Richard Millet — *Lauve le pur.*
3589 Gina B. Nahai — *Roxane,* ou *Le saut de l'ange.*
3590 Pier Paolo Pasolini — *Les Anges distraits.*
3591 Pier Paolo Pasolini — *L'odeur de l'Inde.*
3592 Sempé — *Marcellin Caillou.*
3593 Bruno Tessarech — *Les grandes personnes.*
3594 Jacques Tournier — *Le dernier des Mozart.*
3595 Roger Wallet — *Portraits d'automne.*
3596 Collectif — *Le Nouveau Testament.*
3597 Raphaël Confiant — *L'archet du colonel.*
3598 Remo Forlani — *Émile à l'Hôtel.*
3599 Chris Offutt — *Le fleuve et l'enfant.*
3600 Marc Petit — *Le Troisième Faust.*
3601 Roland Topor — *Portrait en pied de Suzanne.*
3602 Roger Vailland — *La fête.*
3603 Roger Vailland — *La truite.*
3604 Julian Barnes — *England, England.*
3605 Rabah Belamri — *Regard blessé.*
3606 François Bizot — *Le portail.*
3607 Olivier Bleys — *Pastel.*
3608 Larry Brown — *Père et fils.*
3609 Albert Camus — *Réflexions sur la peine capitale.*
3610 Jean-Marie Colombani — *Les infortunes de la République.*
3611 Maurice G. Dantec — *Le théâtre des opérations.*
3612 Michael Frayn — *Tête baissée.*
3613 Adrian C. Louis — *Colères sioux.*
3614 Dominique Noguez — *Les Martagons.*
3615 Jérôme Tonnerre — *Le petit Voisin.*

3616 Victor Hugo — *L'Homme qui rit.*
3617 Frédéric Boyer — *Une fée.*
3618 Aragon — *Le collaborateur* et autres nouvelles.
3619 Tonino Benacquista — *La boîte noire* et autres nouvelles.
3620 Ruth Rendell — *L'Arbousier.*
3621 Truman Capote — *Cercueils sur mesure.*
3622 Francis Scott Fitzgerald — *La Sorcière rousse*, précédé de *La coupe de cristal taillé.*
3623 Jean Giono — *Arcadie... Arcadie...*, précédé de *La pierre.*
3624 Henry James — *Daisy Miller.*
3625 Franz Kafka — *Lettre au père.*
3626 Joseph Kessel — *Makhno et sa juive.*
3627 Lao She — *Histoire de ma vie.*
3628 Ian McEwan — *Psychopolis* et autres nouvelles.
3629 Yukio Mishima — *Dojoji* et autres nouvelles.
3630 Philip Roth — *L'habit ne fait pas le moine*, précédé de *Défenseur de la foi.*
3631 Leonardo Sciascia — *Mort de l'Inquisiteur.*
3632 Didier Daeninckx — *Leurre de vérité* et autres nouvelles.
3633. Muriel Barbery — *Une gourmandise.*
3634. Alessandro Baricco — *Novecento : pianiste.*
3635. Philippe Beaussant — *Le Roi-Soleil se lève aussi.*
3636. Bernard Comment — *Le colloque des bustes.*
3637. Régine Detambel — *Graveurs d'enfance.*
3638. Alain Finkielkraut — *Une voix vient de l'autre rive.*
3639. Patrice Lemire — *Pas de charentaises pour Eddy Cochran.*
3640. Harry Mulisch — *La découverte du ciel.*
3641. Boualem Sansal — *L'enfant fou de l'arbre creux.*
3642. J.B. Pontalis — *Fenêtres.*
3643. Abdourahman A. Waberi — *Balbala.*
3644. Alexandre Dumas — *Le Collier de la reine.*
3645. Victor Hugo — *Notre-Dame de Paris.*
3646. Hector Bianciotti — *Comme la trace de l'oiseau dans l'air.*
3647. Henri Bosco — *Un rameau de la nuit.*

3648. Tracy Chevalier — *La jeune fille à la perle.*
3649. Rich Cohen — *Yiddish Connection.*
3650. Yves Courrière — *Jacques Prévert.*
3651. Joël Egloff — *Les Ensoleillés.*
3652. René Frégni — *On ne s'endort jamais seul.*
3653. Jérôme Garcin — *Barbara, claire de nuit.*
3654. Jacques Lacarrière — *La légende d'Alexandre.*
3655. Susan Minot — *Crépuscule.*
3656. Erik Orsenna — *Portrait d'un homme heureux.*
3657. Manuel Rivas — *Le crayon du charpentier.*
3658. Diderot — *Les Deux Amis de Bourbonne.*
3659. Stendhal — *Lucien Leuwen.*
3660. Alessandro Baricco — *Constellations.*
3661. Pierre Charras — *Comédien.*
3662. François Nourissier — *Un petit bourgeois.*
3663. Gérard de Cortanze — *Hemingway à Cuba.*
3664. Gérard de Cortanze — *J. M. G. Le Clézio.*
3665. Laurence Cossé — *Le Mobilier national.*
3666. Olivier Frébourg — *Maupassant, le clandestin.*
3667. J. M. G. Le Clézio — *Cœur brûle* et autres romances.
3668. Jean Meckert — *Les coups.*
3669. Marie Nimier — *La Nouvelle Pornographie.*
3670. Isaac B. Singer — *Ombres sur l'Hudson.*
3671. Guy Goffette — *Elle, par bonheur, et toujours nue.*
3672. Victor Hugo — *Théâtre en liberté.*
3673. Pascale Lismonde — *Les arts à l'école. Le Plan de Jack Lang et Catherine Tasca.*
3674. Collectif — *« Il y aura une fois ». Une anthologie du Surréalisme.*
3675. Antoine Audouard — *Adieu, mon unique.*
3676. Jeanne Benameur — *Les Demeurées.*
3677. Patrick Chamoiseau — *Écrire en pays dominé.*
3678. Erri de Luca — *Trois chevaux.*
3679. Timothy Findley — *Pilgrim.*
3680. Christian Garcin — *Le vol du pigeon voyageur.*
3681. William Golding — *Trilogie maritime, 1. Rites de passage.*
3682. William Golding — *Trilogie maritime, 2. Coup de semonce.*

3683. William Golding — *Trilogie maritime, 3. La cuirasse de feu.*

3684. Jean-Noël Pancrazi — *Renée Camps.*

3686. Jean-Jacques Schuhl — *Ingrid Caven.*

3687. *Positif,* revue de cinéma — *Alain Resnais.*

3688. Collectif — *L'amour du cinéma. 50 ans de la revue* Positif.

3689. Alexandre Dumas — *Pauline.*

3690. Le Tasse — *Jérusalem libérée.*

3691. Roberto Calasso — *la ruine de Kasch.*

3692. Karen Blixen — *L'éternelle histoire.*

3693. Julio Cortázar — *L'homme à l'affût.*

3694. Roald Dahl — *L'invité.*

3695. Jack Kerouac — *Le vagabond américain en voie de disparition.*

3696. Lao-tseu — *Tao-tö king.*

3697. Pierre Magnan — *L'arbre.*

3698. Marquis de Sade — *Ernestine. Nouvelle suédoise.*

3699. Michel Tournier — *Lieux dits.*

3700. Paul Verlaine — *Chansons pour elle et autres poèmes érotiques.*

3701. Collectif — *« Ma chère maman ».*

3702. Junichirô Tanizaki — *Journal d'un vieux fou.*

3703. Théophile Gautier — *Le Capitaine Fracasse.*

3704. Alfred Jarry — *Ubu roi.*

3705. Guy de Maupassant — *Mont-Oriol.*

3706. Voltaire — *Micromégas. L'Ingénu.*

3707. Émile Zola — *Nana.*

3708. Émile Zola — *Le Ventre de Paris.*

3709. Pierre Assouline — *Double vie.*

3710. Alessandro Baricco — *Océan mer.*

3711. Jonathan Coe — *Les Nains de la Mort.*

3712. Annie Ernaux — *Se perdre.*

3713. Marie Ferranti — *La fuite aux Agriates.*

3714. Norman Mailer — *Le Combat du siècle.*

3715. Michel Mohrt — *Tombeau de La Rouërie.*

3716. Pierre Pelot — *Avant la fin du ciel. Sous le vent du monde.*

3718. Zoé Valdès — *Le pied de mon père.*

3719. Jules Verne — *Le beau Danube jaune.*

3720. Pierre Moinot — *Le matin vient et aussi la nuit.*

3721. Emmanuel Moses — *Valse noire.*

Impression Bussière Camedan Imprimeries
à Saint-Amand (Cher),
le 10 septembre 2002.
Dépôt légal : septembre 2002.
Numéro d'imprimeur : 024028/1.
ISBN 2-07-042553-3./Imprimé en France.